병자호란시 최대 치욕의 전투
쌍령 전투의 순절인 윤충우에 대한 후인들의 顯彰錄

쌍령순절록 雙嶺殉節錄

역주자 신해진(申海鎭)

경북 의성 출생
고려대학교 국어국문학과 및 동대학원 석·박사과정 졸업(문학박사)
현재 전남대학교 인문대학 국어국문학과 교수
BK21플러스 지역어 기반 문화가치 창출 인재양성 사업단장
저역서 『향병일기』(역락, 2014)
　　　『심양왕환일기』(보고사, 2014)
　　　『우산선생병자창의록』(보고사, 2014)
　　　『강도충렬록』(공역, 역락, 2013)
　　　『호남병자창의록』(태학사, 2013)
　　　『호남의록·삼원기사』(역락, 2013)
　　　『심양사행일기』(보고사, 2013)
　　　『17세기 호란과 강화도』(역락, 2012)
　　　『남한일기』(보고사, 2012)
　　　『광산거의록』(경인문화사, 2012)
　　　『강도일기』(역락, 2012)
　　　『병자봉사』(역락, 2012)
　　　『남한기략』(박이정, 2012), 이외 다수의 저역서와 논문

쌍령순절록 雙嶺殉節錄

초판 1쇄 발행　2015년 2월 27일
편 찬 자　윤경환
역 주 자　신해진
펴 낸 이　이대현
책임편집　권분옥
펴 낸 곳　도서출판 역락
주　　소　서울시 서초구 동광로 46길 6-6 문창빌딩 2층
전　　화　02-3409-2060(편집부), 2058(영업부)
팩　　스　02-3409-2059
등　　록　1999년 4월 19일 제303-2002-000014호
이 메 일　youkrack@hanmail.net

정　　가　14,000원
I S B N　979-11-5686-174-4　93810

* 파본은 교환해 드립니다.
* 저자와의 협의에 의하여 인지는 생략합니다.

병자호란시 최대 치욕의 전투
쌍령 전투의 순절인 윤충우에 대한 후인들의 顯彰錄

쌍령순절록 雙嶺殉節錄

尹 景 煥 편찬
申 海 鎭 역주

역락

저 병자호란을 생각할 때면 으레 떠오르는 것은 송파(松坡)의 삼전도(三田渡)에서 역사상 처음으로 이민족의 국왕에게 무릎을 꿇고 항복한 치욕이리라. 또한 천연요새지였던 강화도가 함락되어 겪었던 참화이리라. 그런데 이에 못지않은 치욕적이고 참혹한 전투가 있었지만 기억하지 못하는 것이 있으니, 바로 쌍령(雙嶺) 전투이다.

쌍령은 지금의 경기도 광주시(廣州市) 동쪽으로 있는 크고 작은 두 개의 고개를 가리킨다. 병자호란 때 청나라 군사에 의해 남한산성이 포위되어 고립되자, 경상좌병사 허완(許完)과 경상우병사 민영(閔栐)이 급히 군사들을 이끌고 남한산성으로 향하다가 1637년 1월 2일 그곳에서 청군과 만나 치른 전투이다. 허완은 미처 적과 접전하기도 전에 청군의 급습으로 말미암아 수많은 병사들이 조총을 내던지고 도주하다가 자기들끼리 밟고 밟혀 죽는 와중에 말에서 떨어져 압사 당하였다. 민영은 휘하의 군사를 독전하여 오랜 시간 사력을 다하여 싸웠지만 탄약을 분배하는 과정에서 화약의 대폭발에 따른 혼란한 틈을 타서 청군이 돌격해 오자 끝내 일군이 패하고 자신도 전사하였다. 이 전투는 이긍익(李肯翊, 1736~1806)의

≪연려실기술(練藜室記述)≫에 따르면, 고작 300기의 팔기군(八旗軍)으로 구성된 청군과 무려 4만여 명에 달하는 대부대로 구성된 조선군이 맞붙은 싸움이라고 한다. 물론 구체적인 숫자야 논쟁거리일 수 있겠지만, 그 본질은 곧 수적 유리함에도 불구하고 제대로 된 전술전략의 부재와 자중지란 속에 궤멸되었다는 사실이다. 역사가 아무리 승자의 역사라고는 하지만, 이 대패가 삼전도의 치욕스런 굴욕과 50만의 부녀자가 심양(瀋陽)으로 끌려간 통한의 역사를 빚어낸 한 요인이라면 결코 우리의 기억에서 지워서는 아니 될 것이다.

  이 비극의 쌍령 전투에서 가족에게 편지 한 장만 남기고 나라를 지키기 위해 자신의 목숨을 바친 이가 있으니 바로 윤충우(尹忠祐, 1587~1637)이다. 그에 관련된 직접적 자료는 유일한 이 편지와 그의 부장이었던 신수(申樹)가 1639년에 쓴 제문(祭文)만 남아 있다. 어쩌면 패장이라는 이유로 별다른 대우를 받지 못하는 사이에, 그 영성한 자료를 바탕으로 삼아 경상도 청송 지역에서는 쌍령 전투 당시 모두가 살아남기 위해 도주하는 상황에서 장렬한 최후를 맞이했음을 내세워 지역적으로 그를 추모하고 현양(顯揚)하는 작업이 이루어지고 있었던 것을 보여주는 것이 바로 ≪쌍령순절록(雙嶺殉節錄)≫이다.

  ≪쌍령순절록≫은 먼저, 이휘녕(李彙寧, 1788~1861)이 쓴 서문이 있고, 상권은 '습유(拾遺)'와 '실기(實記)'로 나뉘었는데, '습유'에는

1637년에 쓴 윤충우의 <기부인염씨서(寄夫人廉氏書)>, 1639년에 지은 신수의 <제문>, <읍지 구본(邑誌舊本)> 등이, '실기'에는 윤석영(尹錫泳, 1796~1838)의 <상렬사 상량문(尙烈祠上梁文)>, <상렬사 봉안문(尙烈祠奉安文)>, 권이복(權以復, 1740~1819)의 <상향축문(常享祝文)>, 1859년에 지은 류치호(柳致鎬, 1800~1862)의 <국계사중수기(菊溪社重修記)>, <본손이 찬찰사에게 올리글(本孫呈方伯文)> 등이 실려 있다. 그리고 하권은 '기(記)', '서(序)', '지(識)'로 나뉘었는데, '기'에는 1816년에 지은 권이복의 <순절록 기(殉節錄記)>가, '서'에는 1816년에 윤희(尹爔, 1766~1847)가 짓고 1830년에 신홍원(申弘遠, 1787~1865)이 지은 각각의 <순절록 후서(殉節錄後序)>가, '지'에는 1831년에 권별(權徶, 1770~1837)이 짓고 1830년에 민종혁(閔宗爀, 1762~1838)이 짓고 1830년에 조승규(趙升奎, 1761~1834)가 지은 각각의 <순절록 지(殉節錄識)>가, '발'에는 1858년에 남상교(南尙敎, 1783~1866)와 김중휴(金重休, 1797~1863)가 각각 쓴 <쌍령유서 발(雙嶺遺書跋)> 등이 수록되어 있다. 책의 말미에는 윤두형(尹斗衡, ?~1865)이 손수 쓴 <종선조 첨정부군의 전해 내려오는 사적의 대략(從先祖僉正府君遺事略)>과 1858년에 지은 윤행모(尹行謨, 1800~?)의 <발(跋)>이 묶여 있다.

이러한 체계를 갖춘 ≪쌍령순절록≫은 목활자본으로 1678년에 편찬된 것으로 알려져 있지만, 사실 윤경환(尹景煥)에 의해 1859년 편찬된 것으로 짐작된다. 아마도 윤경환이 1858년에 윤행모의 발문을 받고서 곧바로 편찬하지 못하고 있다가 1859년 류치호의 <국계사중수기>를 받고서야 비로소 편찬한 것으로 보이기 때문이다. 여하한 ≪쌍령순절록≫은 10행 18자의 2권 1책이다. 국립중앙도서관만 아니라 경기대학교, 계명대학교, 연세대학교 등의 도서관에도 소장되어 있는데, 모두 동일한 판본이다. 아쉬운 것은 현전하는 '파평윤씨 대동보'에 이름자가 등재되어 있지 않아 ≪쌍령순절록≫을 간행하기 위해 애썼던 후손 윤경환을 비롯한 4명의 행적에 대해 전혀 알 수 없다는 점이다.

이제, ≪쌍령순절록≫을 완역하여 상재하니 대방가의 질정을 청한다. 이 책의 말미에 영인된 원전은 경기대학교 이정원 교수가 경기대학교 도서관에 소장된 자료를 보내준 것이다. 지금 연구년으로 외국에 나가 있는데, 나의 고마워하는 마음이 전달되기를 바랄 뿐이다. 끝으로 편집을 맡아 수고해 주신 역락 가족들의 노고에도 심심한 고마움을 표한다.

2015년 1월 빛고을 용봉골에서
무등산을 바라보며 신해진

차 례

쌍령순절록 상 雙嶺殉節錄 上

▌습유 / 拾遺

▌실기 / 實記

쌍령순절록 하(부록) 雙嶺殉節錄 下(附錄)

일러두기

이 책은 다음과 같은 요령으로 엮었다.

1. 번역은 직역을 원칙으로 하되, 가급적 원전의 뜻을 해치지 않는 범위 내에서 호흡을 간결하게 하고, 더러는 의역을 통해 자연스럽게 풀고자 했다.
2. 원문은 저본을 충실히 옮기는 것을 위주로 하였으나, 활자로 옮길 수 없는 古體字는 今體字로 바꾸었다.
3. 원문표기는 띄어쓰기를 하고 句讀를 달되, 그 구두에는 쉼표(,), 마침표(.), 느낌표(!), 의문표(?), 홑따옴표(' '), 겹따옴표(" "), 가운데점(·) 등을 사용했다.
4. 주석은 원문에 번호를 붙이고 하단에 각주함을 원칙으로 했다. 독자들이 사전을 찾지 않고도 읽을 수 있도록 비교적 상세한 註를 달았다.
5. 주석 작업을 하면서 많은 문헌과 자료들을 참고하였으나 지면관계상 일일이 밝히지 않음을 양해바라며, 관계된 기관과 여러분들께 진심으로 감사드린다.
6. 이 책에 사용한 주요 부호는 다음과 같다.
   1) ( ) : 同音同義 한자를 표기함.
   2) [ ] : 異音同義, 出典, 교정 등을 표기함.
   3) " " : 직접적인 대화를 나타냄.
   4) ' ' : 간단한 인용이나 재인용, 또는 강조나 간접화법을 나타냄.
   5) < > : 편명, 작품명, 누락 부분의 보충 등을 나타냄.
   6) 「 」 : 시, 제문, 서간, 관문, 논문명 등을 나타냄.
   7) ≪ ≫ : 문집, 작품집 등을 나타냄.
   8) 『 』 : 단행본, 논문집 등을 나타냄.
7. 윤충우의 후손 가운데 족보에 등재되지 않아 행적을 알 수 없는 인물에 대해 굳이 '미상'이라고 표시한 것은 ≪쌍령순절록≫을 간행하기 위해 애썼던 그들의 숭조정신을 기리기 위함이다. 그 이름은 尹景煥, 尹相赫, 尹柚, 尹炯, 尹思應 등이다. 그리고 尹殷佐, 尹殷相, 尹殷老 등은 단지 후손으로 언급되었지만, 이들의 후손이 앞의 5명일 가능성이 있어 역시 '미상'으로 표시하였다.

서

序

서문

나는 일찍이 벼슬살이를 하느라 서울을 왕래하다가 쌍령(雙嶺)에 머물러 묵었다. 비오는 산을 마주하니 울창한 숲에 밤하늘은 음침하고 달마저 졌는데, 짐승들이 울부짖는데다 원귀들의 통곡 소리가 있어서 처량해 차마 들을 수가 없었다. 오호라!

우리 인조(仁祖) 병자년(1636)에 오랑캐의 철기(鐵騎)들이 날뛰며 쳐들어오자 대가(大駕)가 남한산성으로 피난하였다. 이때 성안에는 주화(主和)와 주전(主戰) 양편이 있었는데, 종묘(宗廟)를 따라간 선비들도 많았고 의리도 컸거늘 어찌하여 주화가 굳세고 주전이 약하여 우리의 목을 묶도록 용납하여서 적의 머리를 고가(藁街)에 걸지도 못하였고, 어찌 내 배를 찌르고서 적의 목을 치지도 못하여 성에 가득했던 충성스럽고 의로운 신하들이 거의 해체되는 지경에 이르렀단 말인가?

우리 영남의 70고을은 예로부터 열장부(烈丈夫)가 많은 곳으로 일컬어졌는지라, 눈물을 훔치며 한번 외치니 의로운 군대가 구름처럼 일어났다. 무릇 바삐 서둘러서 적에게 달려가 성을 등지고 한번 싸우다 죽을지라도, 길이 주장(主將)으로서 용맹을 떨치고 적진 앞으로 돌진하게 했다면 성패는 알 수가 없었을 것이다. 무슨 까닭으로 쌍령 사이에 군사들을 머물게 하고 의로운 깃발을 나란히 눕혀놓았던가? 흉악한 선봉이 느닷없이 들이닥치는 바람에 허다한 충성스러운 혼과 의로운 넋이 무성한 잡초 속에 파묻혔다. 고(故) 첨정(僉正) 윤공(尹公)도 바로 그 중에 한 분이었다. 오호라!

공은 본디 남다른 기개를 지녔고 탁월한 큰 절개가 있었는지라, 관서(關西)로 출병(出兵)하고 강도(江都)에서 임금을 호위했던 때부터 이미 나라를 위해 한번 죽기로 결심했었는데, 산성(山城)이 고립된 채로 여러 차례 화사(和使) 뽑기를 그치지 않아 천지의 강상(綱常)이 거의 실추되기에 이르니, 공은 비로소 그 죽을 곳을 얻었다. 갑옷을 입고 말에 오른 모습은 관군이 보았을 것이요, 들과 진펄에 시신이 나뒹군다는 것은 가서(家書)에 부친 바이었다. 광릉(廣陵 : 경기도 광주)에 비바람이 걷히지 않았고 대령(大嶺 : 새재)에 깃발이 돌아오지 않았으니, 나는 공이 목숨을 바쳐 지킨 절개를 알겠다. 천고에 오(吳)나라를 삼키려 했던 구천(句踐)의 한(恨)과, 진(秦)나라를 황제로 추대하려는 것에 품었던 노중련(魯仲連)의 수치가 어찌 응어리져 맴돌지 않을 수 있었으랴? 지금의 통곡은 천년의 울음소리로다. 오호라!

당시 쌍령의 진중(陣中)에 공과 같은 자가 10명이 있었다면 송파(松坡)의 옛 나루터에 어찌 삼궤단(三跪壇)과 비석(碑石)이 있을 것이며, 해마다 황금이며 비단을 오랑캐의 궁궐에 실어 보낼 수 있겠는가? 세상에서 천하 또한 모두 금수(禽獸)가 그렇게 한 것이지 사람의 힘으로 미칠 수 있는 바가 아니라고 말하는 것은 아마도 사리에 맞는 말이 아니라고 생각한다. 오호라!

예로부터 의(義)에 죽는 것은 사관이 빠뜨리지 않고 쓰는 것이니, 마땅히 우리 영남의 선비들은 붓 휘둘러 그 사적을 기록하는 것이 공의 행적을 후세에 영구히 묻히지 않도록 하는 것이라고 생각한다. 이를 쌍령순절록의 서문으로 삼는다.

전 승지 진성 이휘녕이 서문을 짓다.

序

余嘗仕遊京國往來, 止雙嶺下宿焉。雨山對峙, 林木蒼鬱, 夜天
陰月落, 剗嘎有鬼哭聲, 蓋凄楚不堪聞。嗚呼! 粤我仁祖丙子, 胡騎
衝突, 大駕遷南漢。是時城中, 和戰兩在, 去宗仕重矣, 義理大矣,
奈之何主和者彊而主戰者弱, 容索我頸而不能藁¹⁾賊之頭, 寧刃我
腹而不能斧賊之肮, 滿城忠義之臣, 幾體解矣? 惟我嶺七十州, 古稱
多烈丈夫, 雪涕一呼, 義旅雲興。將克日²⁾赴賊, 背城一戰而死, 永
使主將, 鼓勇而前, 成敗未可知也。何故留陣於雙嶺之間, 義旗方
臥? 凶鋒驟至, 許多忠魂義魄, 埋沒於荒草之中。故僉正尹公, 卽其
一也。嗚虖! 公素負奇氣, 卓有大節, 自夫關西出師, 江都扈衛, 已
決爲國一死之心, 而及其孤城, 歷拔和使聯翩³⁾, 天地之綱常幾墜,
則公於始得其死所矣。被甲上馬, 官軍之所見也, 亂屍原隰, 家書
之所寄也。廣陵⁴⁾之風雨未收, 大嶺⁵⁾之旌纛不返, 則吾知公有死

---

1) 藁(고) : 藁街. 漢나라 長安城 남문 안에 蠻夷가 살던 거리의 이름. 죄인을 참수하
   여 이 거리에 효시하였다. 胡銓의 封事에, "세 사람(秦檜・孫近・王倫)의 머리를
   베어서 藁街에 달기를 원합니다.(願斷三人頭, 竿之藁街.)"라는 말이 있다.
2) 克日(극일) : 바삐 서두름. 다그침.
3) 聯翩(연편) : 이어져 끊이지 않는 모양. 그치지 않음.
4) 廣陵(광릉) : 경기도 廣州의 별칭.

節。千古呑吳之恨6), 帝秦之恥7), 安得不鬱結8)不散9)? 至今痛哭歲
聲也。嗚呼! 當日雙嶺陣中, 若有如公者十輩, 松坡10)古渡, 豈有三
厥壇11)一石碑12)而歲歲金繒, 輦輸於天驕13)之庭哉? 世有言天下亦
擧獸使然, 非人力所可及者, 竊恐非達論14)也。嗚呼! 自古死於義
者, 史不闕15)書, 宜吾嶺士友之奮筆而記其事, 思所以不朽公於後

---

5) 大嶺(대령) : 큰 고개라는 일반명사이나, 여기서는 鳥嶺(새재)을 가리키는 말.

6) 千古呑吳之恨(천고탄오지한) : 越王 句踐은 吳王 夫差에게 온갖 수모를 겪으면서
   도 복수와 나라를 되찾아야겠다는 일념에서 이러한 치욕을 참아 냈고, 3년 후
   에 본국으로 돌아가 嘗膽 끝에 마침내 오를 멸망시킨 것을 염두에 둔 표현임.

7) 帝秦之恥(제진지치) : 齊나라의 高士 魯仲連이 趙나라에 가 있을 때 秦나라 군대
   가 조나라의 서울인 邯鄲을 포위했는데, 이때 魏나라가 장군 新垣衍을 보내 진
   나라 임금을 천자로 섬기면 포위를 풀 것이라고 하자, 신원연을 만나서 "진나라
   가 방자하게 천자를 僭稱하여 천하를 다스린다면 나는 동해에 빠져 죽겠다." 하
   니, 신원연이 이 말을 듣고 군사를 퇴각시켰다는 고사를 염두에 둔 표현임.

8) 鬱結(울결) : 가슴이 답답하고 막힘. 옹어리짐.

9) 不散(불산) : 흩어지지 않는다는 뜻으로, '맴돌다'는 의미임.

10) 松坡(송파) : 본래 廣州와 利川으로 통하는 나루로서 三田渡의 보조적 역할을 했
    던 곳. 병자호란의 치욕적 역사가 있었던 곳이다.

11) 三厥壇(삼궐단) : 병자호란 때 삼전도에서 인조가 청나라 태종에게 항복했던 壇
    인 受降壇을 일컬음. 항복의식으로 三拜九叩頭(또는 三跪九叩頭)를 행했다. 厥
    은 厥角稽首에서 사용되는데, 궐각계수는 이마가 땅에 닿도록 경례를 한다는
    뜻이다.

12) 一石碑(일석비) : 三田渡汗碑를 가리키는 듯. 병자호란 때 인조의 항복을 받은 청
    나라 태종이 삼전도에 세운 비인데, 내용은 청나라에 항복하게 된 경위와 清太
    宗의 공덕을 칭송한 것이다. 1639년 12월에 세운 비석이다.

13) 天驕(천교) : 세력이 강대한 북방의 오랑캐를 가리키는 말. 漢武帝 때 흉노의 선
    우(單于)가 글을 보내면서 "우리 胡人은 하늘이 아끼는 아들이다.(胡者天之驕子
    也.)"라고 자칭했다는 데에서 유래한 것이다.

14) 達論(달론) : 사리에 맞는 의논.

15) 不闕(불궐) : 모자라지 않게 함. 마땅히 해야 할 일을 빠뜨리지 않음.

也。是爲雙嶺殉節錄序。

前承旨　眞城李彙寧16)序

---

16) 李彙寧(이휘녕, 1788~1861) : 본관은 眞城, 자는 君睦, 호는 古溪. 아버지는 李承
淳이며, 어머니는 慶州崔氏이다. 종가의 李志淳에게 입양하여 李滉의 10세 종손
이 되었다. 1816년 진사시에 합격, 1821년 동몽교관에 임명되었고, 翊衛司洗
馬·의금부도사·度支郎·동복현감·서산군수·영천군수·밀양부사·청주목사
등을 역임하였다. 1851년 동래부사를 거쳐 1853년 동부승지에 임명되었으나 사
양하고 부임하지 않았으며, 1855년 돈녕부도정을 거쳐 오위도총부 부총관으로
임명되었으나 사직상소를 올리고 역시 부임하지 않았다. 벼슬살이를 하면서 여
가에 학문에도 주력하여 이황의 성리학에 전심, 家學을 이었다.

쌍령순절록 상

雙嶺殉節錄　上

부인 염씨에게 보낸 편지

(협주 : 1637년 설날 쌍령에서)

적의 세력이 시각을 다툴 만큼 몹시 급박하니, 내가 살아서 돌아간다는 것은 기약할 수가 없구려. 비록 살아서는 돌아가지 못하더라도 시신이 나뒹구는 들과 진펄에서 어떻게 나를 찾을 수 있으리오? 이 편지 띄운 날을 내가 죽은 날로 삼으시오만, 마음에 걸리는 것이 아이들이구려. 어미와 아들이 서로 의지하여서 뿔뿔이 흩어지고 살 곳을 잃는 슬픔만 없다면 다행이겠소. 이것 외에 무슨 바랄 것이 있겠소? 편지를 쓰자니 넋이 나가 서글플 따름이라오.

寄夫人廉氏[1]書

(丁丑[2]元日, 在雙嶺[3])

　　賊勢萬分時急, 我生還, 未可必。雖不還, 亂尸原濕[4]之中, 何以索我? 以此書發之日, 爲我死日, 而所掛戀[5]者, 覺兒耳。若母子相依保[6], 無流離失所之歎, 則幸也。此外有何望? 臨紙惘然[7]。

● 병자호란 시의 쌍령 전투란?

　　병자호란 때에 청나라 군대와 벌인 싸움으로, 쌍령은 경기도 광주(廣州)에 있는 고개 이름이다. 이 전투에서 경상 좌병사 허완(許完)과 경상 우병사 민영(閔泳)이 경상도에서 4만의 군사를 모집하여 남한산성을 향해 진군하다 청나라 기병 300명의 공격을 받고 대패하였다.

---

1) 廉氏(염씨) : 尹忠祐의 아내로, 坡州 廉凱山의 딸.
2) 丁丑(정축) : 仁祖 15년인 1637년.
3) 雙嶺(쌍령) : 경기도 廣州에 위치한 크고 작은 두 고개를 가리킴.
4) 原濕(원습) : 높고 마른 땅과 낮고 젖은 땅이라는 뜻으로, 언덕과 습지를 일컫는 말.
5) 掛戀(괘연) : 그리워함.
6) 依保(의보) : 그럭저럭 보냄.
7) 惘然(망연) : 넋이 잃어 멍한 모양.

제문

부장 신수

숭정(崇禎) 12년 기묘년(1639) 정월의 새해 첫날에 부장(部將) 예주 (禮州 : 경북 평해) 신수(申樹)는 삼가 보잘것없는 제수를 갖추어 고(故) 용양위(龍驤衛) 부사과(副司果) 파평(坡平) 윤공(尹公)의 영령(英靈)을 불 러 흠향하기를 바라나이다.

아아, 슬픕니다. 우리 형은 어찌하여 한번 가서는 다시 돌아오 지 못한단 말입니까? 세월이 흐르는 물과 같아서 벌써 대상(大祥) 이 다가왔으니 슬피 울부짖으나 참혹하고도 애통합니다. 일찍이 단 하루도 마음에서 잊어본 날이 없었으니, 어찌 단지 혼인으로 친분을 맺었고 또 함께 급제했기 때문이겠습니까? 아아, 슬픕니다.

내가 형과 같은 마을에서 태어나 놀 때도 서로 어울리고 외출할 때도 서로 함께했습니다. 옛적에는 형이 장년이었고 내가 소년이 었던 시절에 궁마장(弓馬場)에도 뒤따라갔고 무술 닦는 막사에도 드 나들었습니다. 그 이후부터 내외종 형제 사이의 의리가 더욱 친해 지자 돈독히 좋아하는 정이 날로 가까워졌으니, 비록 친형제간일 지라도 또한 무엇이 이보다 더하겠습니까? 바로 이러한 때, 나라의 걱정거리가 서도(西道)에 있어 밤낮으로 근심하다가 임금의 군대가 관서(關西)로 출동하게 되자 형과 나는 함께 그 중에 뽑혔는데, 대궐에서 한잔 술을 내리시매 취하여 두터운 성은(聖恩)을 입은 것도 또한 특별한 은전(恩典)이었습니다. 원정 떠날 수레에 기름을 바르고 절의의 노래 채미가(採薇歌)를 함께 부르며 천리 먼 길 관서지방으로 갔을 때 사방을 돌아보매 누구와 친하였겠습니까? 저 임술년(1622) 봄부터 연말에 이르기까지 이리저리 떠돌며 무릅썼던 온갖 고생과, 배고프고 목말랐던 괴로움 속에서 형이 아니었다면 내가 어찌 서로 믿고 내내 목숨을 보전할 수 있었겠습니까? 이는 실로 우리 두 사람이 평생 뼈에 사무치도록 잊을 수 없는 고락(苦樂)이었습니다. 아아, 슬픕니다.

갑자년(1624)의 수자리로서 또 함께 겪었던 위급하고 어려운 형편이 어찌 신유년(1621)보다 못하였겠습니까? 정묘호란에 이르러서는 형과 내가 모두 100명을 거느리는 우두머리가 되어 비록 벤 적의 수급(首級)을 바친 전공(戰功)은 없었을지라도, 또한 끝까지 임금을 호위할 수가 있어서 강화도로 들어가 비바람을 겪다가 한양의 해와 달을 다시 보고 고향의 산천으로 돌아왔습니다. 밭이나 일구며 여생을 보내고 함께 시내와 산에서 노니는 즐거움을 바랐었지, 어찌 세월이 총총 흘러서 병자년(1636)과 정축년(1637)에 이르러 나라의 운명이 몹시 험난한 때를 만날 줄 생각이나 했겠습니까? 변방에서 전쟁이 일어났음을 알리는 급한 보고가 있자, 임금께서 탄대가(大駕)가 피란하시고 군사를 징발하는 다급함이 저 수(隋)나라 요군소(堯君素)가 나무 거위에다 전황(戰況)을 알리는 글을 묶었던 때보다 더 심하여 객관(客館)에서 군대를 점고하던 날에 손잡고서 서로 마음 다짐하는 말을 했는데, 말하자니 눈물만이 흘러내렸습니다. 내가 먼저 가고 형이 나중에 갔으니, 어느 날에나 얼굴을 볼 수 있었겠습니까? 군대가 겨우 고갯마루를 넘었을 때, 주장(主將 : 대장)의 잘못된 계책으로 인해 뜻하지 아니하게 갑자기 흉포한 오랑캐가 저돌적으로 쳐들어와 전군(全軍)이 무너졌을 줄을 생각했겠습니까? 군대가 이천(利川)에 이르렀던 저녁 무렵 관군이 무너져 되돌아오는 자를 잠깐 우연히 만나게 되어 형에 관한 소식을 물었더니, 단지 말하기를 '전날 양쪽 군대가 미처 서로 접전하기도 전이었는데 멀리서 보니 공이 갑옷을 입고 말에 올라 적진으로 나아가고는 돌아오지 않았다.'고만 할뿐이었습니다. 생각하기를 형이 살아서 돌아오기를 바랐지만, 한 달이 다 지나가도 돌아오지 않았고 몇 달이 다 지나가도 또 돌아오지 않았으며 1년, 2년, 3년이나 오래도록 아예 종적이 없으니 글러버렸습니다. 형은 필시 죽고 살지 못한 것이니, 지금 이 시간 이후부터는 가망이 전혀 없어졌습니다. 아아, 슬픕니다.

도망쳤던 군사가 형이 설날에 써서 부인에게 부친 편지를 보고 했는데, 어찌하여 그리도 거칠고 간략하단 말입니까? 형의 외로운 혼과 굳센 넋이 어느 곳에 의탁하고 있는지 알지 못하면서도 나로

하여금 형의 군사를 대신 거느리게 하여 병사들을 점검하였는데, 옛적의 의장(儀仗)이 전과 다름없고 지난날의 대오(隊伍)가 아직 그대로 존재하거늘, 형만 죽는 것을 고향에 돌아가는 것과 같이 여기고 돌아오지 않는단 말입니까? 생과 사가 비록 다르다지만 인정과 의리는 조금도 차이 없었는지라, 나는 형의 자식과 아내를 위하여 군사들에게 물어 됫박의 양식이라도 모으기로 하자 서로 앞다퉈 내어놓는데 조금도 꺼리는 기색이 없었으니, 만일 형이 평소 군대로부터 신임을 받지 않았다면 어찌 사람들의 마음이 이와 같이 잊지 않을 수 있겠습니까? 아아, 슬픕니다.

죽고 사는 것, 오래 살고 짧게 사는 것은 천명(天命)이니 사람이면 누군들 죽지 않으랴만, 유독 형의 상(喪)에 대해서만은 저절로 애통함을 느끼지 않을 수 없었으니 형이 죽은 것은 의(義)에 죽었기 때문입니다. 도리어 한탄한들 무엇하겠습니까마는, 단지 시체가 삼실처럼 수없이 어지럽게 널려 있는데 길가에는 굶어죽은 시체와 창이 비스듬히 뉘어있거늘 해골을 수습하지 못하고 돌아가니, 억장이 무너져 시리고 아픈 것은 나에게도 오히려 그러하거니와 하물며 형의 부인과 아들 마음이겠습니까. 피붙이들은 슬피 울부짖고 벗들이 모두 왔지만, 형의 우뚝한 기개와 훤칠한 모습은 다시 볼 수 없습니다. 영령(英靈)이 올지 안 올지 알 수 없지만 한잔의 맑은 막걸리를 올리며 마음속에 서린 온갖 슬픔을 부치노니, 영령은 그것을 압니까? 모릅니까? 아아, 슬픕니다. 상향.

祭文

部將 申樹[1]

　維崇禎十二年己卯[2], 正月朔日巳未[3], 部將禮州[4]申樹, 謹以菲
薄之具, 招故龍驤衛[5]副司果[6]坡平尹公[7]之靈而侑之曰：烏虖哀哉!
吾兄[8]何一去而不返耶? 日月如流, 已迫再期[9], 悲呼慘悼, 未嘗一

---

1) 申樹(신수, 생몰년 미상) : 본관은 寧海. 아버지는 申慶南이고, 어머니는 安東權氏
　　로 權濟世의 딸이다. 河陰 申楫(1580~1639)의 동생이다. 인조 때 무과 급제하여
　　部長에 이르러서 병자호란에 仁祖가 파천함에 동향인 尹忠祐와 더불어 쌍령 전
　　투에 임했으나 윤장군이 전사함에 공이 대신 환군하여 신즙의 의진에 합류하여
　　위험을 피하지 않고 여러 번 기묘한 전략으로 공을 세웠으며 화의가 성립되자
　　군을 해산했다.
2) 己卯(기묘) : 仁祖 17년인 1639년.
3) 巳未(사미) : 己未의 오기. 1639년 1월 1일의 일진임.
4) 禮州(예주) : 경북 寧海. 지금의 경북 울진군 평해면이다.
5) 龍驤衛(용양위) : 조선 때 五衛 중의 左衛.
6) 副司果(부사과) : 조선 때 五衛에 딸린 종6품의 무관 벼슬.
7) 尹公(윤공) : 尹忠祐(1587~1637)를 가리킴. 본관은 坡平, 호는 雙嶺. 훈련원 主簿
　　尹貴琳(1550~1600)의 넷째아들로, 어머니는 안동 권씨로 權邀亨의 딸이다.
　　1621년 무과에 급제하여 훈련원 僉正에 이르러서 병자호란이 일어나 雙嶺 전투
　　에 나가 싸우다 전사하였다. 純忠功臣 軍器寺 判官에 증직되고 靑松 尙烈祠에 배
　　향되었다.
8) 吾兄(오형) : '나의 형'이라는 뜻으로, 정다운 벗 사이의 편지에서 쓰는 말.
9) 再期(재기) : 사람이 죽은 지 두 돌 만에 지내는 제사.(大祥)

日而忘于懷者, 豈但以戚誼而又同榜也? 烏虖哀哉! 余與兄生同里閈[10], 遊必相從, 出必相隨。在昔兄爲丈夫之年, 我爲少年之日, 追隨乎弓馬之場, 出入乎講武之幕。自是之後, 中表之義益昵, 敦好之情日密, 雖在親兄弟, 又何以加於此哉? 當是時, 國憂在西, 宵旰[11]方軫, 王師一出關西, 兄我同選其中, 龍墀[12]錫爵[13], 醉涵恩渥, 亦異數[14]也。征車載脂, 採薇[15]同歌, 千里關西, 四顧孰親? 自壬戌[16]之春, 至于歲末, 櫛風沐雨[17]之勞, 載飢載渴之苦, 微兄則我何相恃而得保終始乎? 此實吾兩人平生, 入骨難忘之苦也。烏虖哀哉! 甲子[18]之戍, 又與之共顚沛艱虞之狀, 何減於辛酉[19]哉? 洎乎丁卯之亂, 則兄我俱爲百夫之長[20], 雖無斬賊獻馘之功, 亦得終始

---

10) 里閈(이한) : 동리. 마을.
11) 宵旰(소간) : 宵衣旰食. 날이 새기 전에 일어나 옷을 입고 해가 진 뒤에야 늦게 저녁을 먹는다는 뜻으로, 임금이 나라를 걱정하여 政事에 부지런한 것을 일컫는 말.
12) 龍墀(용지) : 대궐의 붉은 섬돌을 가리키는 것으로, '궁궐'을 일컫는 말.
13) 錫爵(석작) : ≪시경≫<邶風・簡兮>의 "왼손에는 피리를 잡고, 오른손에는 꿩깃을 잡아라, 그 얼굴 물들인 양 붉거늘, 공께서 한잔 술을 내리시네.(左手執籥, 右手秉翟, 赫如渥赭, 公言錫爵.)"에서 나온 말.
14) 異數(이수) : 보통이 아닌 특별한 예우.
15) 採薇(채미) : 採薇歌. 周나라 武王이 殷나라를 멸망시켜 천하가 주나라로 돌아갔으나, 伯夷와 叔齊는 은나라의 신하로서 부끄럽게 생각하여 首陽山으로 들어가 주나라 땅에서 난 곡식은 먹지 않겠다고 맹세하고서 고사리를 캐먹다가 굶어죽게 되었을 때 불렀다는 노래. 곧 節義之士의 노래이다.
16) 壬戌(임술) : 光海君 14년인 1622년.
17) 櫛風沐雨(즐풍목우) : 바람에 머리를 빗고 비에 몸을 씻는다는 뜻으로, 긴 세월을 이리저리 떠돌며 갖은 고생을 다함을 이르는 말.
18) 甲子(갑자) : 仁祖 2년인 1624년.
19) 辛酉(신유) : 광해군 13년인 1621년.

扈衛, 得轉江都之風雨, 再覩漢陽之日月, 歸來故山。農圃是事, 庶幾得保餘齡, 共享溪山之樂, 豈意歲忽次於丙丁[21], 値國步之多艱? 風塵[22]一驚, 鸞馭[23]播越[24], 徵兵之急甚於木鵝之繫詔[25], 客館點兵之日, 握手相勉之言, 言則涕零矣。我先兄後, 會面何日? 師纔踰嶺, 主將失策, 忽焉兇鋒豕突, 意使三軍[26]而顚覆? 師次利川[27]之夕, 官軍之潰還者, 稍稍[28]逢遇, 問兄消息, 則但云'前日之兩軍, 未及相接, 望見公擐甲上馬, 有進而無退。'云云。謂兄庶幾生還, 一月過盡而不還, 數月過盡而又不還, 至于一年二年三年之久, 而永無形影, 則已矣哉。兄之必死無生, 今而後望絶矣。烏虖哀哉! 潰卒

20) 百夫之長(백부지장) : ≪서경≫<牧誓>의 "천부장은 천 명을 거느리는 장수이고, 백부장은 백 명을 거느리는 장수이다.(千夫長, 統千人之師, 百夫長, 統百人之師也.)에서 나오는 말.

21) 丙丁(병정) : 병자년(1636)과 정축년(1637)을 통틀어 일컫는 말. 병자호란이 일어난 기간을 이른 말로 쓰인 것이다.

22) 風塵(풍진) : 兵塵. 난리 통. 杜甫가 지은 <重經昭陵>의 "전장의 먼지 속에 삼척검 휘두르고, 종묘사직 위해 한번 갑옷을 입었도다.(風塵三尺劍, 社稷一戎衣.)"에서 나오는 말.

23) 鸞馭(난어) : 鸞輿. 임금이 타는 수레.

24) 播越(파월) : 播遷. 임금이 도성을 떠나 다른 곳으로 피란함.

25) 木鵝之繫詔(목아지계조) : ≪隋書≫<誠節傳・堯君素>의 "때마침 포위된 것이 매우 급한 데다 군수품까지 끊어지자, 요군소는 이에 나무로 거위를 만들어서 목에다 表를 묶어 급박한 전황을 다 형언하고 황하에 띄워 보내니 강물 따라 흘러갔다.(時圍甚急, 行李斷絶, 君素乃爲木鵝, 置表於頸, 具論事勢, 浮之黃河, 沿流而下.)"라는 사실을 염두에 둔 표현임.

26) 三軍(삼군) : 전체의 군대.(全軍)

27) 利川(이천) : 경기도 동남쪽에 있는 군.

28) 稍稍(초초) : 잠시. 잠깐.

之報元日寄夫人書, 又何其草略乃爾也? 兄之孤魂毅魄, 未知何處寄托, 而令我代領兄衆, 點視軍兵, 舊時之儀仗依然, 昔日之部伍尙存, 兄獨視死如歸29), 不爲之返乎? 幽明雖異, 情義無間, 我爲兄孤寡30), 詢於軍衆, 鳩合升斗之資, 而爭先捐出, 了無難色, 若非兄素見信於軍伍, 何輿情31)之不忘如是乎? 烏虖哀哉! 死生脩短命也, 人誰無死, 獨於兄之喪, 自不得不覺其傷慟者, 兄之死, 死於義也. 抑何恨焉? 而但亂屍如麻, 道殣橫槊, 未得收骨而歸, 摧腸酸痛, 在我尙爾, 矧爾賢閤32)與孤兒之心哉? 宗族悲呼, 親朋畢至, 而兄磊落氣岸, 軒昂容姿, 無復覩矣. 未知英靈來耶不來耶? 擧一杯之薄醪, 寓萬端之悲懷, 靈其有知耶無知耶? 烏虖哀哉! 尙饗.

---

29) 視死如歸(시사여귀) : 죽음을 고향에 돌아가는 것처럼 여긴다는 뜻으로, 죽음을 조금도 두려워하지 않음을 비유하는 말.
30) 孤寡(고과) : 아버지를 잃은 아들과 남편을 잃은 과부.
31) 輿情(여정) : 어떤 일이나 사건 따위에 대한 여러 사람들의 情的인 반응.
32) 賢閤(현합) : 남의 부인을 높여 부르는 말.

읍지 구본

윤충우는 천계 신유년(1621) 무과에 합격하였고 관직은 훈련원
첨정(訓鍊院僉正)에 이르렀으며, 병자호란 때 싸우다 죽은 공으로 봉
훈랑(奉訓郎) 군기시 판관(軍器寺判官)에 증직되었다.

邑誌 舊本

尹忠祐, 天啓辛酉[1]登武科, 官至訓鍊僉正[2], 以丙子戰亡功, 贈奉訓郞[3]軍器寺[4]判官。

---

1) 天啓辛酉(천계신유) : 광해군 13년인 1621년. 천계는 명나라 徽宗의 연호이다 (1621~1627).
2) 訓鍊僉正(훈련첨정) : 訓鍊院僉正. 훈련원은 조선시대에 병사의 武才 시험, 무예 의 연습, 兵書의 강습을 맡아보던 관청이다.
3) 奉訓郞(봉훈랑) : 조선시대 종5품 東班 문관에게 주던 품계.
4) 軍器寺判官(군기시판관) : 군기시는 조선시대 무기의 제조를 관장하는 관청이고, 판관은 종5품임.

상렬사 상량문

윤석영

엎드려 생각건대, 사람들의 마음속에 깊숙이 깃드는 것이야말로 한결같은 절개와 곧은 충정일지라 사당을 고치고 새롭게 지어서 거듭 제물을 올리며 강신주(降神酒)를 따를지니, 백년의 고향마을에서 사계절 향기로운 제사를 받을지어다. 원래 절의가 국가에 있는 것은 반드시 신하와 백성들에게 보고 느끼도록 하려는 것인바, 만일 눈부시게 빛나는 공덕과 언행이 있다면 훌륭한 사관(史官)이 이름을 붙일 뿐만이 아니라 틀림없이 부모와 형제 및 종족들에 의해서 우러러 받들어지고, 향선생(鄕先生 : 고을에서 명망이 높은 선비)을 고을 사당에 제사하는데 함께하게 될 것이다. 바야흐로 제물 바치고 제사 올리는 것이야 혹 한번 폐하기도 하고 한번 흥하기도 하겠지만, 단지 풍교(風敎)를 길이 세우고 마땅히 모범이 될 만한 의궤(儀軌)를 잃지 말도록 경계하기를 바랄 뿐이다.

삼가 생각건대 첨정공(僉正公 : 윤충우)은 문숙(文肅 : 윤관)과 소정(昭靖 : 윤곤)의 후예이고, 순충분무공신(純忠奮武功臣)이다. 과거에 장원으로 뽑혔을 때부터 원대한 포부를 펼치려는 뜻을 가졌으며, 서쪽 변방으로 가서 국경을 지켜야 할 때에 이르러서는 먼저 말가죽으로 자기 시체를 싸겠다는 것을 결심하였다. 갑자년(1624, 이괄의 난)과 정묘년(1627, 정묘호란)에 나라가 어려운 때를 만나서는 의리가 빛나게도 창을 잡고 호위하였으며, 병자년 대가(大駕)가 피란할 때에 미쳐서는 전쟁을 준비한 오랑캐에게 용감히 나아갔다. 성실하고 믿음직스러우면 행해진다는 뜻으로서 오랑캐가 차츰차츰 쳐들어오는 기세를 막았고, 이기고 지는 것이야 운명이라는 생각으로서 곰발바닥과 생선을 겸하여 얻을 수 없다면 삶을 버리고 의리를 취하겠다는 마음을 다하였다. 칼을 잡고 번개가 치듯 성화같이 달리며 일편단심을 전군(全軍)의 맨 앞에서 떨쳤고, 적병의 칼날에 대항하며 벼락을 맞은 듯 회오리바람 일 듯 푸른 피를 쌍령(雙嶺) 사이에서 뿌렸다. 저 당(唐)나라 안고경(顔杲卿)처럼 머리털조차 제대로 거두지 못했는데도 부질없이 슬피 국상(國殤)의 부(賦)를 초래하였고, 저 당나라 장순(張巡)처럼 이가 죄다 부러졌으니 응당 나라의 충혼들을 장하게 하였다.

이 국계사(菊溪祠)를 돌아보니 곧 공을 제사하는 곳일러라. 황폐한 땅에 띠가 푸르게 되어 비록 빛나고 빛나는 남다른 공훈을 갚지 못했을망정, 붉은 여지와 노란 바나나로 그래도 영원히 높이고 보답하기를 바랄 뿐이라. 이곳에나 저곳에나 군자의 영령(英靈)이 없지 않으니, 어느 산이나 언덕이라도 그 때문에 조상의 나라일지라. 그런데 세월이 점점 오랠수록 집채가 장차 허물어져가는 것이야 면할 수가 없을지니, 옛집은 임진년부터 몰아치는 바람과 쏟아지는 비에 퇴색하였고, 텅 빈산에는 원숭이와 새가 무너진 담장과 낡은 벽 사이에서 슬피 울었다.

이에, 사림(士林)들은 한목소리로 탄식하였고 고을의 수령은 보조하는 것에 힘을 다하였으니, 한편에서는 도끼를 잡은 자가 다른 한편에서는 톱을 쥔 자가 훗날 사람들이 보는 것을 그르치지 않도록 가는 나무를 서까래로 쓰고 굵은 나무를 대들보를 써서 반드시 예전의 모습 그대로 지었다. 좋은 달에 맑고 편안히 옛터에 제전(祭奠 : 제사의 음식)을 드렸으며, 며칠 안 되어서 완성된 것도 충혼들이 보살펴준 바에 힘입은 것이었다. 그 명성은 혁혁하였고 그 영령은 빛났으니, 오묘(五廟)의 사당이 없을 수 있겠는가. 탕탕 다지고 척척 쌓아서 아울러 온 고을의 소망에 따랐다. 오직 짧은 노래를 늘어놓아 들보 올리기를 도우려 한다.

들보를 저 동쪽으로 던지노라.	抛梁東
장한 마음에 붉은 해가 솟았나니	雄心象出日紅
훌륭한 명성 예나 이제나 닳지 않고	英名不磨今古
주방산에는 푸르름이 무궁할러라.	周房山靑無窮

들보를 저 서쪽으로 던지노라.	抛梁西
어진 어머니 암자는 저 하늘과 가지런한데	賢妣巖與天齊
구름 수놓은 깃발과 홀연히 말이 바람 가르니	雲旗風馬倏然

군자가 오르는 곳과 방불하여라.　　　　　　　　髣髴君子攸躋

들보를 저 남쪽으로 던지노라.　　　　　　　　抛梁南
푸른 구름 멀리 안개를 아침마다 머금어　　　　青雲遠靄朝含
맑은 기운이 얽히고 서려 가없으니　　　　　　淑氣磅礴無垠
세상에 드문 위남자가 또 태어날러라.　　　　曠世又降偉男

들보를 저 북쪽으로 던지노라.　　　　　　　　抛梁北
북방은 어슴푸레하여 새벽빛 같은데　　　　　玄武蒼蒼曉色
산이 사나운 물을 몰아 이무기 가두니　　　　山驅厲水囚螭
고향을 돌볼지나 상국을 사납게 할러라.　　　睠鄉邑悍宗國

들보를 저 위쪽으로 던지노라.　　　　　　　　抛梁上
해와 달, 오성이 모여 서로 향할 적에　　　　連珠合璧相向
그 가운데 아름다운 기운이 치솟듯 일어나니　中有英氣勃鬱
세상이 끝없는 세월 동안 더욱 장하여라.　　　塵塵劫劫彌壯

들보를 저 아래쪽으로 던지노라.　　　　　　　抛梁下
들은 물결처럼 모이고 물은 말같이 쏟아지는데　野如水水如馬
살아서도 영달치 못하고 죽어서도 이루지 못하니　生未榮死未酬
불평의 소리가 때도 없이 쏟아지누나.　　　　不平聲無時瀉

　원컨대 들보를 올린 뒤에는 소나무 서까래를 더욱 단단히 하고
나무꾼 같은 나의 보잘것없는 말이라도 서로 전하라. 술은 맛있고

안주도 좋으니, 영령이 보시고 양양하게 그 위에 있는 것 같도다.
인(仁)과 의(義)로 기반을 삼아서 반드시 선대(先代)의 공로보다 많게
하고자 하노라.

尙烈祠上梁文

尹錫泳[1]

伏以入人心者深矣, 一節貞忠, 改廟貌[2]而新之, 重升薦祼[3], 百年桑梓[4], 四時芬苾。原夫節義之在國家, 必欲觀感之及臣庶, 苟有勳德言行之炫燿, 非特良史氏托名, 必爲父兄宗族之推尊, 俾同鄕先生[5]祭社。方其以享以祀, 或至一廢一興, 但願永樹風聲[6], 猶戒毋失規軌。恭惟僉正公, 文肅[7]昭靖[8]之後裔, 純忠奮武之功臣。自

---

1) 尹錫泳(윤석영, 1796~1838) : 본관은 坡平, 자는 子信. 尹命亮(1767~?)의 셋째아들이다. 1827년 증광시에 급제하여 진사가 되었고, 1834년 식년시에 급제하였다.

2) 廟貌(묘모) : 사당. 사당에 들어가면 반드시 先祖의 形貌를 상상하여 추모하기 때문에 생긴 말이다.

3) 薦祼(천관) : 제물을 올리고 강신주를 따름. 천은 祭需를 올리는 것을 말하고, 관은 신의 降臨을 바라며 茅沙를 담은 그릇에 술을 조금씩 세 번 따르는 것을 말한다.

4) 桑梓(상재) : 부모가 살던 고향. ≪시경≫<小弁>의 "부모가 심은 뽕나무와 자작나무도, 반드시 공경한다.(維桑與梓, 必恭敬止.)"에서 나온 말이다.

5) 鄕先生(향선생) : 그 지방에서 명망이 높은 선비를 이르던 말.

6) 風聲(풍성) : 윗사람의 공덕이나 모범 또는 교육을 통하여 아랫사람 내지 풍속을 감화시키거나 교화시킴.

7) 文肅(문숙) : 尹瓘(1040~1111)의 시호. 본관은 坡平, 자는 同玄, 호는 默齋. 1074년 과거에 합격하여 拾遺‧補闕을 지냈고, 1087년 閤門祗候로 出推使가 되어 광주‧충주‧청주 지역을 시찰하였다. 1104년 2월 東北面行營兵馬都統使가 되어

上第⁹⁾唱甲之初, 將伸函牛鼎¹⁰⁾之志, 及西塞征戍之役, 先決裹馬

革¹¹⁾之心。値甲丁艱虞之時, 義著執戈以衛, 曁丙子播越之際, 勇

激修矛之忿。忠信行之旨¹²⁾, 遏蛇豕¹³⁾荐食¹⁴⁾之勢, 成敗命也意,

여진 정벌에 나섰지만 기병을 앞세운 여진에게 패하여 和約을 맺고 철수하였다. 이에 전투력의 증강과 기병의 조련을 진언하여 특수 부대인 別武班을 창설하였다. 1107년 부원수인 지추밀원사 吳延寵과 17만 대군을 이끌고 중군은 정주로, 수군은 都鱗浦로 진군하였다. 이 전투에서 거점 135곳을 격퇴하고 4,940명을 죽이고 130명을 생포하였다.

8) 昭靖(소정) : 尹坤(?~1422)의 시호. 본관은 坡平, 호는 菊隱. 고려때 문과에 급제하였다. 1400년 2차 왕자의 난에 李芳遠을 도와 공을 세워 推忠翊戴左命功臣 坡平君에 봉해졌다.

9) 上第(상제) : 과거에 급제함.

10) 函牛鼎(함우정) : 원대한 포부를 일컫는 말. ≪사기≫<孟子荀卿列傳>의 "이윤이 솥을 지고서 탕을 왕이 되게 하였고 백리혜는 수레 아래서 소를 먹여 목공을 패자로 만들었으니 먼저 영합한 뒤에 대도에 이끌었다 하였다. 추연의 말이 비록 규범에 맞지 않는다 하여도 혹시라도 이윤이나 백리혜와 같은 의도가 있기라도 하였단 말일까?(伊尹負鼎而勉湯以王, 百里奚飯牛車下而繆公用霸, 作先合, 然後引之大道。騶衍其言雖不軌, 儻亦有牛鼎之意乎?)"에 대해 司馬貞索隱이 "여씨춘추에 이르기를 '소를 담을 솥에 닭을 삶을 수 없다.' 하였으니 여기 소를 담을 솥은 추연의 재주가 우활하고 큼을 말한 것인데, 만약 이를 크게 쓴다면 소를 담을 수 있는 솥을 의미하는 것이다. 그리고 초주가 또한 이르기를 '태사공의 이 글을 보건대 이는 추연의 기이한 재주를 아낌이 큰 것이다.'(≪呂氏春秋≫云'函牛之鼎不可以烹雞。', 是牛鼎言衍之術迂大, 儻若大用之, 是有牛鼎之意。而譙周亦云'觀太史公此論, 是其愛奇之甚。')"라 한 데서 알 수 있다.

11) 裹馬革(과마위) : 裹馬革의 오기. 馬革裹屍. 말가죽으로 자기 시체를 싼다는 뜻. 옛날에는 전사한 장수의 시체는 말가죽으로 쌌으므로, 전쟁에 나가 살아 돌아오지 않겠다는 각오이다.

12) 忠信行之旨(충신행지지) : ≪논어≫<衛靈公篇>의 "말이 성실하고 믿음직스러우며 행동이 독실하고 공경스러우면 南蠻과 北狄 같은 나라에 가더라도 행해질 수 있을 것이다.(言忠信, 行篤敬, 雖蠻貊之邦, 行矣。)"는 공자의 말을 염두에 둔 표현임.

13) 蛇豕(사시) : 長蛇封豕. 인간에게 해가 되고 돼지처럼 탐욕스럽다는 뜻으로, 오랑

斷熊魚取舍之誠。仗尺劒而電邁星馳, 丹心奮三軍之冠, 抗亂鋒而雷迅飚發, 碧血[15]灑雙嶺之間。杲卿之髮未收[16], 空悲招國殤[17]之賦, 張巡之齒盡碎[18], 應作壯本朝之魂。顧玆菊溪之祠, 卽公籩豆之所。靑茅赤土[19], 縱未酬赫赫殊勳, 丹荔黃蕉[20], 尙庶幾世世崇報。在此在彼, 非無君子之靈, 某山某丘, 爲是父母之國。酒者歲月之益遠, 未免棟宇之將隳, 古屋龍蛇[21]漫漶於急風甚雨之際, 空

캐를 일컫는 말.
14) 荐食(천식) : 차츰차츰 잠식함.
15) 碧血(벽혈) : 충신·열사 등 정대한 이들이 흘린 피를 말함. 周나라 萇弘이 晉나라 范中行의 난에 죽었는데 그 피를 3년 동안 보관해 두니 나중에 푸른 옥으로 변했다는 고사에서 유래하였다.
16) 顔杲卿은 常山太守를 지냈는데, 安祿山의 난 때에 투항하지 않고 저항하다 피살됨. 詠史 <顔杲卿>에 대한 '押眞韻'의 自注에 "안고경이 죽은 후에 張湊란 자가 안고경의 머리털을 얻고는 당나라 현종이 蜀나라로 피난했다가 돌아오자 갖다 바쳤는데, 그날 밤 꿈에 나타나자 깨어나서 제사를 지냈다. 그리고 안고경의 처에게 가지고 가서 보였지만 의심스러워하자 머리털이 움직이는 듯했다."고 한 것을 염두에 둔 표현이다.
17) 國殤(국상) : 楚나라 屈原이 지은 <九歌> 중의 한 수로, 나라를 지키다가 죽은 장수와 병사들의 영웅적인 기개와 장렬한 정신을 칭송하는 일종의 祭歌. 후대에는 국가를 위하여 전사한 장수와 병사들을 가리키는 말로 쓰인다.
18) 安祿山의 난 때 張巡이 睢陽城을 지키다가 함락되어 안녹산의 장수 尹子奇에게 사로잡혀서 죽었는데, 장순은 적과 싸울 때면 큰 소리로 군사들을 독려하다 보니 눈자위가 찢어져 피가 흘렀고 치아까지 다 부러졌다고 한바, 윤자기가 큰 칼로 장순의 입을 베고 보니 남아 있는 이가 두세 개뿐이었다는 고사를 염두에 둔 표현이다.
19) 赤土(적토) : 황폐하여 농작물이 생산되지 못하는 땅.
20) 丹荔黃蕉(난려황초) : 韓愈가 지은 <柳州羅池廟碑>의 "여지는 빨갛고 바나나는 노란데, 고기와 채소 곁들여 자사의 사당에 올리네.(荔子丹兮蕉黃, 雜肴蔬兮進侯堂.)"에서 나오는 말. 붉은 여지와 노란 바나나는 곧 때에 따라 祭享 올리는 일을 말한다.

山猿鳥悲嗌於頹墉破壁之中。於是, 士林齊聲而咨嗟, 地主²²⁾陳力 於補助, 斧者左鉅²³⁾者右²⁴⁾, 毋廢後人之觀, 細爲桶大爲宋²⁵⁾, 必仍 舊貫²⁶⁾而作。以月之令, 俾奠舊基之淸寧, 不日而成 亦賴忠魂所顧 右。聲厥赫靈厥濯²⁷⁾, 烏可無五畝²⁸⁾之宮? 築之登, 捄之陾²⁹⁾, 兼 以循一鄕之望。恭陳短唱, 助擧脩梁。

抛梁東, 雄心象出日紅, 英名不磨今古, 周房山³⁰⁾靑無窮。

---

21) 龍蛇(용사) : 용과 뱀을 아울러 이르는 말. 1592년은 임진년이고 1593년은 계사 년이라서 임진왜란을 가리키는 말로 쓰인다.

22) 地主(지주) : 그 고을의 수령.

23) 鉅(거) : '鋸'의 오기.

24) 柳宗元이 지은 <梓人傳>의 "그는 집을 짓는 데 쓰일 목재를 헤아리고 나무들의 용도를 살핀 뒤, 그의 막대기를 휘두르며 '저기엔 도끼' 하고 말하니, 도끼를 잡 고 있던 공인 오른쪽으로 뛰어갔다. 고개를 돌려 이번에는 손가락으로 가리키 며 '저기엔 톱'하고 말하니, 톱을 쥔 공인이 왼쪽으로 뛰었다.(量棟宇之任, 視木 之能擧, 揮其杖曰 : '斧.' 彼執斧者奔而右. 顧而指曰 : '鋸.' 彼執鋸者趨而左.)"를 염 두에 둔 표현임.

25) 細爲桶大爲宋(세위용대위망) : 韓愈가 지은 <進學解>의 "큰 나무는 대들보로 쓰 고 가는 나무는 서까래로 쓴다.(大木爲宋, 細木爲桷.)"에서 나온 말. '桶'은 '桷'의 오기이다.

26) 舊貫(구관) : 옛 모습. 옛 제도. 전례.

27) 聲厥赫靈厥濯(성궐혁영령궐탁) : ≪시경≫<商頌・殷武>의 "빛나고 아름다운 명 성, 너무나도 빛나는 영령이네.(赫赫厥聲, 濯濯厥靈.)"에서 나오는 말.

28) 五畝(오무) : 畝는 전지 면적의 단위. 사방 6尺을 步라 하고 100보를 畝라고 한 다. ≪맹자≫<梁惠王章句 上>의 "5무의 전택에 뽕나무를 심으면 쉰 살인 사람 이 비단옷을 입을 수 있고, 때를 놓치지 않고 가축을 치면 일흔 살 늙은이가 고 기를 먹을 수 있다.(五畝之宅, 樹之以桑, 五十者可以衣帛矣, 鷄豚狗彘之畜, 無失其 時 七十者可以食肉矣.)"에서 나온 말이다.

29) 築之登, 捄之陾(축지등, 구지잉) : ≪시경≫<文王之什・緜>의 "흙 수레로 척척 흙을 담아서 담틀에다 퍽퍽 흙 쳐 넣고 탕탕 흙을 다지고 평평 높은 곳을 쳐내 렸다.(捄之陾陾, 度之薨薨, 築之登登, 削屢馮馮.)"에서 나온 말.

抛梁西, 賢妣巖與天齊, 雲旗風馬倏然, 髣髴君子攸躋[31]。

抛梁南, 靑雲遠靄朝含, 淑氣磅礴無垠, 曠世又降偉男[32]。

抛梁北, 玄武[33]蒼蒼曉色, 山驅厲水[34]囚螭, 睠鄕邑悍宗國。

抛梁上, 連珠合璧[35]相向, 中有英氣勃鬱[36], 塵塵劫劫[37]彌壯。

抛梁下, 野如水水如馬, 生未榮死未酬, 不平聲無時瀉。

伏願上梁之後, 松桶[38]增翬, 蒭蕘[39]相傳。酒旣旨·殽旣嘉[40],

---

30) 周房山(주방산) : 경북 청송군 부동면 상의리에 있는 周王山의 또 다른 이름.

31) 君子攸躋(군자유제) : 《시경》<斯干>에서 집을 새로 지어 낙성식의 잔치를 벌이며 송축하여, "새가 날아가듯 하며, 꿩이 나래 친 듯하니, 군자가 오르는 곳이로다.(如鳥斯革, 如翬斯飛, 君子攸躋.)"라고 한 데서 나온 말. 이는 집의 규모가 반듯하여 집의 마룻대와 추녀는 새가 날아오르는 듯하며, 처마가 화려하고 높음은 꿩이 날개를 편 듯이 아름다움을 말한 것이라 한다.

32) 偉男(위남) : 偉男子. 인품이나 외모가 몹시 뛰어난 남자.

33) 玄武(현무) : 북방에 있는 별이름.

34) 厲水(여수) : 꽤 깊은 강물이라는 뜻. 《시경》<邶風·匏有苦葉>의 "허리띠에 찰 정도로 물이 깊으면 입은 채로 건너가고, 물이 무릎 아래 정도로 차면 바지를 걷고 건너간다.(深則厲, 淺則揭.)"에서 나오는 말이다.

35) 連珠合璧(연주합벽) : 《漢書》 권21 <律曆志>의 "해와 달은 두 옥벽을 합친 듯하고, 다섯 별들은 구슬을 꿰어 놓은 듯하다.(日月如合璧, 五星如連珠.)"에서 나온 말. 五星은 금성·목성·수성·화성·토성을 이른다.

36) 勃鬱(발울) : 바람이 회오리치는 모양.

37) 劫劫(겁겁) : 불교에서 헤아릴 수 없는 아득한 시간을 말함. 끝없는 세월을 일컫는다.

38) 桶(통) : '楠'의 오기.

39) 蒭蕘(추요) : 보잘것없이 들리는 나무꾼의 말이라는 뜻. 자신의 발언에 대한 謙辭이다. 《시경》<板>의 "옛날 성현 말씀에 나무꾼의 말이라도 들어 보라 하셨다 하네.(先民有言, 詢于芻蕘.)"에서 나온 말이다.

40) 酒旣旨殽旣嘉(주기지효기가) : 《시경》<頍弁>의 "네 집 술도 좋다마는 안주 또한 진미로세. 어찌 다른 사람이 모였으랴?(爾酒旣旨, 爾殽旣嘉, 豈伊異人?)"에서 나온 말.

如見洋乎上在[41]。仁爲基義爲址, 必使多于前功。

---

41) 洋乎上在(양호상재): ≪중용≫ 제16장의 "천하 사람들로 하여금 재계하고 옷을
잘 차려 입고서 제사를 지낼 때면 귀신이 양양히 그 위에 있는 듯도 하고 좌우
에 있는 듯도 하다.(使天下之人齊明盛服, 以承祭祀, 洋洋乎如在其上, 如在其左右.)"
를 염두에 둔 표현인 듯.

상렬사 봉안문

(협주 : 손수 지은 것은 전하지 않는다.)

저 옛날 병자년(1636)과 정축년(1637)에 고립된 성에는 피비린내
나는 비바람이 몰아치는데, 주장(主將 : 대장)의 잘못된 계책으로 인
해 전군(全軍)이 군령(軍令)을 내팽개쳤다. 공은 그때 싸움터로 가느
라 사나운 말처럼 달려갔는데, 옷깃을 떨치고 일어나니 쌍령(雙嶺)
의 푸른 솔숲이었다. 우리 임금 모시는 일이 급박한데 죽은들 장
차 어찌 피하려 했겠는가만, 머리를 들면 하늘이야 있었을망정 발
돌릴 땅도 없었다. 편지를 봉하여 아내에게 보낸 것은 오직 하나
뿐이고 둘도 없었으며, 도망쳤던 군사가 의심스러운 대로 전한 것
은 적진으로 갔다가 돌아오지 않았다는 것이다. 끝내 나라를 위해
목숨을 바쳐 황천길이 빛났으니, 늠름한 우리 선조는 무슨 운수가
이리도 기박하단 말인가. 대대로 명성을 이어받은 선조들이 재주
있는 인재로 이어졌는지라, 일찍이 활쏘기와 말타기를 익혀 한 방
면(方面) 맡는 것을 기약할 수 있었다. 강도(江都)로 임금을 호위하
거나 변방에서 수자리하면서도 몹시 주려가며 10년 동안 온 힘을
다하다가 결국 말고삐를 잡고 죽었다. 그리하여 판관(判官)에 증직

되고 충절을 포상하는 은전이 베풀어져 죽어서도 영화로웠으니 어찌 천양(闡揚)하는 것을 일삼으랴. 외진 산골의 양지바른 곳에 집이 있어 휘황한데 많은 선비들이 함께 받드니 자손들의 영광일러라.

尚烈祠奉安文

(製手失傳)

　昔在丙丁, 風雨孤城, 主將失策, 三軍抛令。公時赴鬪, 悍馬維馱,
奮袂而起, 雙嶺蒼翠。吾君事急, 死將安避, 擧頭惟天, 旋足無地。緘
書付娘, 斷一無二, 潰卒傳疑1), 有去無來。遂焉國殤, 賮于泉臺2), 桓
桓我相3), 何數之奇? 世襲名祖, 風珮琳4)離5), 早事弓馬, 方面6)可
期。江屌關戍, 亦孔之飢, 十年盡悴, 乃死於綏。判官之贈, 褒忠之典,
死亦榮矣, 何事於闡? 畏壘7)之陽, 有屋煌煌, 多士攸同, 子孫之光。

---

1) 傳疑(전의) : 의심스러운 일은 의심스러운대로 전하는 것을 말함. ≪春秋穀梁傳≫
桓公 5년 조의 "춘추의 의리는 미더운 것은 미더운 대로 전하고 의심스러운 것은
의심스러운 대로 전하는 것이다.(春秋之義, 信以傳信, 疑以傳疑。)"에서 나온 말이다.

2) 泉臺(천대) : 사람이 죽은 뒤에 그 혼이 가서 산다고 하는 세상.

3) 桓(사) : '祖'의 오기.

4) 珮琳(패림) : 琳琅을 찬다는 뜻. 임랑은 아름다운 玉石으로, 어질고 재주 있는 인
재를 뜻한다. ≪世說新語≫<容止>에 의하면, 옛날에 어떤 사람이 王太尉를 찾
아가 보니 그 주위에 있는 사람들은 모두가 名士와 人才였다. 집으로 돌아와
"오늘 가서 보니 눈에 보이는 것마다 모두 琳琅과 珠玉이었다.(今日之行, 触目見
琳琅珠玉。)"고 하였다.

5) 離(이) : 이어짐. 나란함.

6) 方面(방면) : 관찰사가 다스리던 행정 구역.

7) 畏壘(외루) : 춘추시대 魯나라 지역의 산 이름. 庚桑楚가 老聃의 도를 터득하고
북쪽 畏壘山으로 가서 은거하였던 데서 인용한 것으로, 흔히 풍속이 순박한 외
진 시골을 가리킨다.

상향축문

생원 권이복

몸은 나라를 위하여 바쳤고	身殉國事
기풍은 자손에게 전수되었네.	氣傳子孫
백년 만에 시복하는 데도	矢復百年
향기가 발산하니 살아있는 듯해라.	焄蒿若存

常享祝文

生員 權以復[1]

身殉國事, 氣傳子孫, 矢復[2]百年, 焄蒿[3]若存。

● 상렬사

1808년(순조 8)에 조정에서 명을 청송부(靑松府)에 내려, 고을의 부사(府使)로 하여금 윤충우(尹忠祐)의 충의정신(忠義精神)을 기리는 사당을 짓도록 하였다. 명을 받은 부사는 병자호란(丙子胡亂)이 있은 지 170년 지나서 마을 뒷산 기슭에 사당을 짓고 이름을 '상렬사(尙烈祠)'라고 하였다. 상렬사는 100여 년간 춘추로 제사를 지내다가, 일제강점기의 식민지 정책으로 인하여 철거되었다고 한다.

---

1) 權以復(권이복, 1740~1819) : 본관은 安東, 자는 無悔, 호는 晩洲. 아버지는 성균관생원 濂이며, 어머니는 務安朴氏로 履相의 딸이다. 청송군 安德里에서 태어났다. 李象靖의 문하에서 수학하여 약관에는 문명이 널리 알려져 스승의 총애를 받았다. 벼슬에 뜻을 두지 않고 학문에만 전념하였다. 1777년에 사마시에 합격하여 성균관에 들어갔으나 1781년 부친의 병으로 향리로 돌아갔다.

2) 矢復(시복) : 전사자에 대하여 招魂하는 의식.

3) 焄蒿(훈호) : 귀신의 향기가 발산함. ≪예기≫<祭義>의 "뭇 생명체는 반드시 죽고, 죽으면 반드시 흙으로 돌아가는데 이것을 鬼라고 한다. 뼈와 고기는 아래에 묻히고 이것이 野土가 되면 그 기운은 위로 올라가서 昭明, 焄蒿, 悽愴이 된다. 이것이 바로 百物의 정기가 되니, 여기에 神이 나타난다.(衆生必死, 死必歸土, 此之謂鬼. 骨肉斃于下, 陰爲野土, 其氣發揚于上, 爲昭明·焄蒿·悽愴. 此百物之精也, 神之著也.)" 하였는데, 朱子가 이에 대해서 설명하기를 "귀신이 밝게 드러나는 것을 소명, 그 기가 위로 올라가는 것을 훈호, 사람의 정신을 두렵게 하는 것을 처창이라고 한다.(如鬼神之光露處是昭明, 其氣蒸上處是焄蒿, 使人精神竦然是悽愴.)" 하였다.

국계사 중수기

청송부(靑松府)의 국계(菊溪) 마을에 상렬사(尚烈祠)가 있는데 고(故) 첨정(僉正) 윤충우(尹忠祐)를 제사하기 위해 지은 것이다. 아, 진실로 공의 충의(忠義)가 사람들을 깊이 감동시키지 않았다면 어찌 사람들로 하여금 존경하고 그리워하여 백세 뒤에까지도 받들어 모시게 할 수 있단 말인가.

공은 이 청송부에서 나고 자랐는데 타고난 기질과 성품이 뛰어났다. 젊었을 때에는 강개하여 문서나 다루는 낮은 벼슬아치를 사양하고 활쏘기와 말타기를 익혀서 공을 세워 이름 드날리는 것을 할 만한 일로 여겼다.

천계(天啓) 신유년(1621)에는 무과에 합격하였다. 이때 나라에는 서쪽 변방에 근심거리가 있었다. 공이 원정군 모집에 응하여 정벌을 나섰는데, 임금께서 특별히 공을 불러서 보시고 벼슬을 내려 위로하도록 명하였다. 공이 감격하여 떠나기에 앞서 집식구들에게 말하기를, "대장부가 살아서는 당연히 나라에 보답하여야 하고 죽어서는 당연히 말가죽으로 시체가 싸여야 하리라." 하였다. 임술년(1622)부터 정묘년(1627)에 이르기까지 온갖 어려움을 겪었지만 한결같은 마음으로 소홀하지 않았다.

저 병자호란에 미쳐서 임금이 포위된 남한산성 안에 계시자, 공은 100명을 거느리는 우두머리가 되어 근왕군(勤王軍)을 좇으며 충분(忠憤)에 격하게 북받쳐 적과 함께 살지 않기로 맹세하고 쌍령(雙嶺)에 이르렀다. 마침 오랑캐가 기세등등하게 마구 죽이며 짓밟았지만 주장(主將 : 대장)이 기율을 잃어 전군(全軍)이 결딴나니, 공은 끝내 몸소 피로 초야를 적시고 돌아오지 못하였다.

저 후한(後漢) 부섭(傅燮)의 탄식과 저 당(唐)나라 안고경(顔杲卿)의 꾸짖음은 세상에 전해지는 것이 없었으나, 죽기로써 스스로 맹세한 마음은 아내에게 보낸 편지에 보이고, 말을 채찍질하며 적지로 달려간 자취는 부장(部將) 신수(申樹)의 뇌사(誄詞)에 있으니, 분연히 일어나 자신을 돌아보지 않고 한 번 죽어서 나라에 보답하려는 의리야말로 늠름했음은 상상해볼 수 있을 것이다. 당시 모든 병사들은 패하여 뿔뿔이 흩어진 것이 새가 놀라듯 짐승이 달아나듯 하여 그 사이 고향마을에 살아서 돌아온 자가 있었다. 공은 먼 외지의 한미한 사람이라서 이미 조정의 반열이나 절도사의 직책에 있지 않았으니, 적의 형세가 대적하기 어려움을 알고 뿔뿔이 흩어지는 병사 사이에서 살기만을 탐하는 것도 어렵지 않았을 것이다. 그러나 공의 마음은 나라를 위하면서 자신의 몸이 있는 줄 알지 못했고 의리를 취하면서 구차히 살려 하지 않았는지라, 목숨을 내던지고 적을 향해 돌진하여 죽는 것을 고향에 돌아가듯 여겼으니 장렬하다 해야 할 것이다.

이때에 조정에서 직간하는 근신(近臣)들이 두려워 벌벌 떨다가 화의(和議)에 다투어 빌붙었고, 절개를 지키고 몸 바쳐 대의를 천하에 밝히려는 사람은 불과 15명뿐이었다. 공은 한낱 채찍과 활로써 흉악한 칼을 막고 시퍼런 칼날을 밟았으며, 위태롭고 급박한 때에도 곰발바닥과 생선의 맛을 분변하였으니, 그 평소에 온축한 포부를 또 알 수가 있다.

조정은 이미 관직을 추증하여서 포상하였고, 청송 마을의 후세 사람들은 다시금 사모하는 것이 변하지 않아 제사 베풀어 받드는 것을 장구히 지킬 계책으로 삼으니 충성스러운 혼과 굳센 넋은 이곳에서 흠향하려고 돌아보는 듯하였다. 그리고 온 세상을 진작시켜 사람들로 하여금 모두 나라를 지키고 윗사람을 위하여 목숨을 바친 의리를 알도록 하는 것도 세교(世敎)에 도움 되는 바가 있다할 것이다. 병자호란 이후 170년이 지난 무진년(1808)에 이 국계사를 지었고, 금년 봄에 지붕을 이어 새롭게 수리하였다. 공의 방손(傍孫) 윤두형(尹斗衡)이 그 일을 주관하였으며, 사람을 보내어 나에게 기문을 써달라고 하였다.

　　　　　　　기미년(1859) 4월 전 참봉 류치호 기문을 짓다.

菊溪社重修記[1]

　　靑松府之菊溪[2], 有[3]尙烈祠者, 爲祀故僉正尹公[4]而作也, 噫!
苟非公忠義之感人深者, 焉能使人尊慕, 追敬於百世之下哉[5]? 公
生長是府, 氣稟儁異。少時慨然謝刀筆[6], 習弓馬以功名自許[7]。
天啓辛酉, 登虎榜[8]。時[9]國家, 有西塞之憂。公應募從征, 上特[10]
引見, 命錫[11]爵以勞之。公感激[12]臨行, 語家人曰 : "丈夫, 生當報
國, 死當裹革." 自壬戌至丁卯, 備經艱險, 一心靡鹽[13]。逮夫丙子

---

1) 이 글은 柳致皦의 ≪동림선생문집≫ 권8에 <菊溪尙烈祠記>로 실려 있음. 이 글
　을 인용할 때는 ≪동림선생문집≫이라 칭하며, 이하 동일하다.
2) 菊溪(국계) : 경북 청송군 청송읍 금곡 3리.
3) 有(유) : ≪동림선생문집≫에는 '有所謂'로 되어 있음.
4) 尹公(윤공) : ≪동림선생문집≫에는 '尹公忠祐'로 되어 있음.
5) 苟非公忠義之感人深者, 焉能使人尊慕, 追敬於百世之下哉 : ≪동림선생문집≫에는
　없음.
6) 刀筆(도필) : 문서를 기록하는 것을 일컫는 말. 옛날 종이가 발명되기 전에 칼로
　대나무에다 문자를 새겼던 데서 온 말이다. 刀筆吏는 아주 낮은 벼슬아치를 말
　한다.
7) 自許(자허) : 자기 힘으로 넉넉히 할 만한 일이라고 여김.
8) 虎榜(호방) : 무과 또는 武科榜目을 이름.
9) 時(시) : ≪동림선생문집≫에는 '于時'로 되어 있음.
10) 特(특) : ≪동림선생문집≫에는 없음.
11) 命錫(명석) : ≪동림선생문집≫에는 '特命賜'로 되어 있음.
12) 感激(감격) : ≪동림선생문집≫에는 '感激殊恩'으로 되어 있음.

之亂, 君父在圍城中14), 公以百夫長, 從勤王之師, 忠憤激慨, 誓不與賊俱生, 行到雙嶺. 値賊虜憑陵15), 剪屠踩躪16), 主將失律, 全軍敗沒, 公竟以身膏草野而不返矣. 傅燮之歎17), 杲卿之罵18), 世無傳者, 而以死自誓之心, 見於寄妻之書, 策馬向敵之蹟, 在於申部將之誄19), 奮不顧身, 一死報國之義, 凜凜猶可想見. 當日諸兵20)潰散, 鳥駭獸竄, 間有生還鄉里者. 公以遐外冷跡, 旣不在廊廟21)之班, 闖鉞之任, 見賊勢難敵, 欲偷生於散卒之間, 亦無難也. 而公之心, 爲國而不知有身, 取義而不欲苟活, 舍命赴敵, 視

---

13) 鹽(고) : 《동림선생문집》에는 '盬'로 되어 있음. 靡盬는 소홀하지 않다는 뜻으로, 나랏일을 완전무결하게 수행하려는 각오를 말한다. 《시경》<小雅·四牡>의 "어찌 돌아가고 싶은 생각이 없겠는가마는 나랏일을 완전하게 처리하지 않을 수 없는지라 내 마음이 서글퍼지기만 한다.(豈不懷歸, 王事靡盬, 我心傷悲.)"에서 나오는 말이다.

14) 君父在圍城中 : 《동림선생문집》에는 없음.

15) 憑陵(빙릉) : 세력을 믿고 남을 침범함.

16) 憑陵剪屠踩躪(빙릉전도유린) : 《동림선생문집》에는 '憑陵踩躪剪屠'로 되어 있음.

17) 傅燮之歎(부섭지탄) : 後漢의 傅燮이 漢陽太守였을 때 북쪽의 오랑캐가 한양을 포위하였는데, 성의 사람들이 부섭을 고향으로 보내려고 하자 부섭이 개연히 탄식하며 말하기를 "내가 어디로 간단 말인가? 나는 반드시 이곳에서 죽을 것이다.(吾行何之? 必死於此.)" 하고는 군대를 거느리고 나가 싸우다가 전사하였다는 것을 염두에 표현임.

18) 杲卿之罵(고경지매) : 唐나라의 顏杲卿이 常山太守였을 때 安祿山에 의해 성이 함락되자, 그가 안록산을 꾸짖기를 "너를 죽이지 못한 것이 한스럽구나. 腥羯狗야, 어찌 나를 빨리 죽이지 않느냐?(恨不斬汝! 腥羯狗,, 何不速殺我!)" 하며, 끝내 굴복하지 아니하고 죽었다는 것을 염두에 둔 표현임.

19) 誄(뇌) : 誄詞. 죽은 사람의 살았을 때 공덕을 칭송하며 문상하는 말.

20) 諸兵(제병) : 《동림선생문집》에는 '一軍'으로 되어 있음.

21) 廊廟(낭묘) : 조정.

死如歸, 可謂烈矣。于斯時也, 蒲[22]廷惶惴[23], 爭附和議, 全節捐軀[24], 明大義於天下者, 不過三五[25]公而已。公以一介鞭弭[26], 抗兇鋒‧蹈白刃, 辨熊魚於危急之際, 其平日素蘊, 又可知已。★[27]朝廷旣贈官以褒之, 而松鄉後人, 復慕之不衰, 設香火[28]之奉, 爲久遠之計, 忠魂毅魄, 髣髴[29]顧享於斯。而風勵[30]一世, 使人皆知衛國死長之義, 亦[31]可謂有裨於世敎矣。丙子後一百七十年戊辰, 建是祠, 今年春, 葺而新之, 公傍裔[32]斗衡[33], 管其事, 使來告余爲之記。

---

22) 蒲(포) : 伏蒲. 近臣이 임금에게 직간하는 것. 漢나라 元帝가 태자를 폐하려고 하자, 근신 史丹이 임금 앞에 나아가 靑蒲席을 깔고 엎드려 눈물을 흘리면서 간하여 중지하게 한 데에서 유래한 말이다.

23) 惶惴(황천) : 惶惶惴惴. 두려워 벌벌 떪.

24) 全節捐軀(전절연구) : ≪동림선생문집≫에는 '能捐軀全節'로 되어 있음.

25) 三五(삼오) : ≪동림선생문집≫에는 '十餘'로 되어 있음.

26) 鞭弭(편미) : 鞭은 말채찍이고 弭는 꾸미지 않은 활임.

27) ≪동림선생문집≫에는 '夫主辱臣死義也忘身殉國忠也'가 있음.

28) 香火(향화) : 향을 피운다는 뜻에서 '祭祀'를 일컫는 말.

29) 髣髴(방불) : ≪동림선생문집≫에는 '彷彿'로 되어 있음.

30) 風勵(풍려) : 勉勵. 남을 고무하여 힘쓰게 함.

31) 亦(역) : ≪동림선생문집≫에는 없음.

32) 傍裔(방예) : ≪동림선생문집≫에는 '傍孫'으로 되어 있음.

33) 斗衡(두형) : 尹斗衡(?~1865). 본관은 坡平, 자는 順若, 호는 陶川. 貴琳 → 3자 忠禧 → 2자 恒 → 5자 萬雄 → 台臣 → 3자 廷沃 → 敬天 → 3자 두형으로 이어지고, 윤충우는 윤귀림의 넷째아들이므로, 윤두형은 윤충우의 6대 방손이다.

己未³⁴⁾維夏³⁵⁾, 前參奉, 柳致皜³⁶⁾記³⁷⁾

---

34) 己未(기미) : 哲宗 10년인 1859년.

35) 維夏(유하) : 음력 4월을 달리 부르는 말.

36) 柳致皜(류치호, 1800~1862) : 본관은 全州, 자는 濯叟, 호는 東林. 아버지는 柳後
文, 어머니는 義城金氏로 金顯運의 딸이다. 1845년 學行으로 천거되어 泰陵參奉
이 제수되었으나 곧 사직하였다. 1856년에 巡相인 申錫愚가 도내에서 선비를 모
아 廬江書院에서 講會를 할 때에 柳致明이 座首가 되고 류치호와 金坽鎭이 賓主
가 되어 鄕飮禮를 행하였다.

37) 己未維夏前參奉柳致皜記 : ≪동림선생문집≫에는 없음.

본손이 관찰사에게 올리는 글

삼가 아뢰건대, 우리들의 6대조는 선략장군(宣略將軍) 권지훈련원 (權知訓鍊院) 첨정(僉正) 증(贈) 군기시 판관(軍器寺判官)으로 이름이 충 우(忠祐)인데, 곧 개국공신(開國功臣) 소정공(昭靖公) 윤곤(尹坤)의 12세 손입니다.

천계(天啓) 원년 신유년(1621) 무과에 발탁되었습니다. 이때 나라 의 걱정거리가 서도(西道)에 있어 임금의 군대가 관서(關西)로 출동 하게 되었고 우리들의 선조도 그 중에 뽑혀서 있었는데, 떠나기에 앞서 부인에게 전하는 말에, "대장부가 살아서는 당연히 나라에 보답하여야 하고 죽어서는 당연히 말가죽으로 시체가 싸여야 하거 늘, 어찌 침상에 누워 아녀자의 품안에서 죽겠는가?" 하였습니다. 천리나 되는 관서 변방의 산에서 두 해 동안 부지런히 힘썼으며, 그 후로 갑자년(1624)의 변란과 정묘년(1627)의 호란을 만나고도 온 갖 어려움을 피하지 아니하고 한결같은 마음으로 소홀하지 않았습 니다.

병자년(1636)에 이르러서 쌍령(雙嶺) 전투는 곧 공이 목숨을 바친 곳입니다. 공은 100명을 거느리는 우두머리가 되어서 창졸간에 북쪽의 오랑캐가 저돌적으로 쳐들어오는 것을 감당해야 했으니, 바로 이른바 사마귀가 자신의 힘은 헤아리지 않고 무모하게 수레바퀴를 막는 형국이었고 개미만한 원군(援軍)이 있었는지라, 비록 부녀자와 아이들일지라도 거기가 사지(死地)임을 알았을 것입니다. 그러나 우리들의 선조는 자신의 몸만 도사리는 것을 생각지 아니하고 오직 나라를 위해 죽는 것을 옳다고 여겼습니다. 화살이 떨어지고 힘이 빠졌는데도 도리어 빈 활을 당기고 날이 시퍼런 큰칼을 무릅쓰며 북쪽으로 머리를 돌려 죽기로써 적과 싸우고자 하여 끝내 몸소 피로 초야를 적셨으니 아아, 슬픕니다.

우리들의 선조는 벼슬지위야 집극랑(執戟郎 : 창을 잡고 지키는 사람)에 불과했고 이름도 당세에 일컬어지지 못했지만, 분연히 일어나 자신을 돌아보지 않고 죽어서 나라에 보답하려 했던 마음을 헤아리자면 비록 옛날의 열사(烈士)라 한들 이보다 더하지는 못할 것입니다. 이에 생각건대 조정에서 군기시 판관(軍器寺判官)에 증직한 것은 진실로 충의(忠義)를 격려하려는 더없이 극진한 마음에서 나왔겠으나, 세대가 점점 멀어질수록 사적(事蹟)이 점점 사라져 병자년에서 지금에까지 200년도 채 되지 않아서 오히려 이와 같은데 하물며 수백 년이 지난 뒤이겠습니까? 만일 세태의 수준이 갈수록 낮아지고 사적이 근거가 없다면, 후세 사람들은 또 무엇을 좇아서 그 비슷한 것이라도 찾아볼 수 있겠습니까? 조정에서 포상하여 충의를 권면하려 한 뜻이 도리어 어디에 있겠습니까? 우리들은 저절로 세상의 도리를 위하여 개탄하지 않을 수 없었습니다.

외람되이 두어 칸의 사당을 건립하여서 저 갱장(羹墻)의 사모하는 마음을 부치려고 했으나 형편과 재력이 미치지 못하니, 이른바 '재물이 없으면 기뻐할 수가 없다.'고 한 것입니다. 삼가 생각하건대, 세상을 권면하며 아둔한 것을 갈고 닦는 것은 오직 윗사람에게 있고, 벼슬이 높든 낮든 그 충의를 권면하는 것도 윗사람에게 있다면, 자손 된 자 또한 어찌 재물이 없다는 것과 할 수 없다는 것에만 미루고 한 가지 일이라도 위에 있는 사람에게 애처로이 상소하는 바가 없어서야 되겠습니까?

절의를 지켜 목숨을 버린 사실의 대략적인 것은 함께 싸움터로 달려갔던 신공(申公 : 신수)의 뇌사(誄辭)에 간략히 적혀 있었습니다. 이에 아울러 기록하여 올림으로써 살펴주시기를 바라오니, 선조를 드러내고 빛나게 할 바를 생각하여 후세에 사라지지 않게 해주신다면, 동방의 많은 인사(人士)들이 모두 장차 격려되어 기세를 올리며 죄다 윗사람을 어버이처럼 여겨 어른을 위해서 목숨을 바치는 백성들이 될 것입니다. 어찌 우리들 가문의 행운으로만 그치겠습니까? 또한 풍속을 교화하는 데에도 일조할 것입니다. 우리들은 두려운 마음을 견디지 못하겠습니다.

本孫呈方伯文

伏以生等六代祖, 宣略將軍權知訓鍊僉正贈軍器寺判官, 諱忠祐, 卽開國功臣昭靖公諱坤之十二世孫也。以天啓元年辛酉, 擢虎榜。是時, 國憂在西, 王師出關, 而生等先祖, 選在其中, 臨行寄語夫人曰 : "大丈夫, 生當報國, 死當裹革, 安能臥牀上, 死兒女子手中乎?"1) 千里關山, 兩歲勤勞, 後値甲子之戌・丁卯之亂, 不避艱險, 一心靡鹽。及至丙子, 雙嶺之役, 則乃公殉身之地也。公以百夫之將, 猝當北虜之豕突, 正所謂螳螂之勢2), 蚍蜉之援3), 雖婦人孺子, 亦知其爲死地。而生等先祖, 不以全軀爲念, 惟以死國爲義。矢窮力盡, 猶且張空拳冒白刃, 北首爭死敵4), 竟以身膏草野,

---

1) 後漢의 伏波將軍 馬援이 "사나이는 변방의 들판에서 쓰러져 죽어 말가죽에 시체를 싸 가지고 돌아와 땅에 묻히는 것이 마땅하다. 어찌 침상 위에 누워 아녀자의 손에 맡겨져야 되겠는가.(男兒要當死于邊野, 以馬革裹屍還葬耳. 何能臥牀上在兒女子手中耶?)"라고 말한 고사에서 인용한 문장임.

2) 螳螂之勢(당랑지세) : 螳螂拒轍. 사마귀가 수레바퀴를 막는다는 고사성어. 자신의 힘은 헤아리지 않고 강자에게 함부로 덤빈다는 뜻이다.

3) 蚍蜉之援(비부지원) : 아주 적은 援軍을 비유하는 말. 韓愈의 <張中丞傳後序>의 "성을 지키고 있을 때 밖으로는 크고 작은 개미만한 원군도 없었지만, 충성을 바치고 싶은 곳은 국가와 임금뿐이었다.(當其圍守時, 外無蚍蜉蟻子之援, 所欲忠者, 國與主耳.)"에서 나오는 말이다.

4) 張空拳冒白刃, 北首爭死敵(장공환모백인, 북수쟁사적) : ≪漢書≫<司馬遷傳>에

嘻噫悲夫! 生之先祖, 位不過執戟, 名不稱當世, 而究其奮不顧身, 以死報國之心, 則雖古烈士, 無以過之也。肆惟朝家, 贈以軍器寺判官之職者, 寔出於激勵忠義之至意, 而世代漸遠, 事蹟浸微, 自丙子至于今, 將不滿二百歲, 而猶尙如此, 況且數百載之下乎? 若世級愈降, 事蹟無憑, 則後之人, 又何從而得其髣髴乎? 朝家所以襃美勸忠之意, 顧安在哉? 生等自不得不爲世道慨恨也。僭欲建立數間廟宇, 以寓羹墻之慕5), 而事力6)不逮, 所謂無財, 不可以爲悅7)者也。竊伏念, 勵世磨鈍, 惟在於上, 顯微勸忠, 亦在於上, 則爲子孫者, 亦安得全委之於無財與不得, 而一無所哀籲於在上之人也哉? 其立殣8)梗槩, 略具於同時赴戰申公誄辭, 玆以幷錄以上, 乞賜覽察, 思所以顯揚之, 得以不泯於後世, 則環東土多少人士, 擧將激勵鼓氣, 盡爲親上死長之民9)矣。豈止爲生等一家之幸? 抑亦爲風化之一助

나오는 구절.

5) 羹墻之慕(갱장지모) : 누군가를 우러러 사모하는 마음을 뜻하는 말. 옛날 堯임금이 별세하자 舜임금이 요임금을 그리워하여 국그릇을 대하여도 국에 요임금의 모습이 어른거리고 담장을 대하여도 담벼락에 요임금의 모습이 어른거렸다는데서 나온 말이다.

6) 事力(사력) : 일의 形勢와 財力.

7) 無財, 不可以爲悅(무재, 불가이위열) : ≪맹자≫<公孫丑章句 下>의 "할 수 없으면 기뻐할 수 없고 재물이 없으면 기뻐할 수가 없다. 할 수 있고 재물이 있으면 옛날 사람은 모두 사용하였으니 내 어찌 홀로 그렇지 않을 수 있는가?(不得, 不可以爲悅 ; 無財, 不可以爲悅. 得之爲有財, 古之人皆用之, 吾何爲獨不然?)"에서 나온 말.

8) 立殣(입근) : 절의를 지켜 목숨을 버림.

9) 親上死長之民(친상사장지민) : ≪맹자≫<梁惠王章句 下>의 "임금께서 어진 정치를 행하기만 한다면 이 백성들이 그 윗사람을 친근하게 여겨 어른을 위해서 자

也。生等無任惶恐屏營之至。

雙嶺殉節錄 上

쌍령순절록 하(부록)

雙嶺殉節錄 下(附錄)

순절록 기

　쌍령(雙嶺)의 일은 어찌 차마 말할 수 있으랴. 북쪽의 요망한 기운이 하늘을 뒤덮으니 그 형세가 마치 곤륜산(崑崙山)의 불길 같아 시체가 쌓인 것이 산과 같았는데, 어느 누가 그 사이에 옥석을 분별했으랴. 하물며 지금으로부터 저 병자년(1627)까지는 이미 181년이나 오래되었으니, 그 지나간 세월 동안 향불의 연기가 사라지고 무관심하여 믿을 만한 자취조차도 없어지고 있다. 그러나 그 중에는 죽었으면서도 살아 있는 듯한 사람이 있으니, 육신은 비록 없어졌어도 남긴 이름의 향기가 없어지지 않은 것인데 바로 우리 고을사람 윤충우(尹忠祐) 장군이 그러한 사람이다.

　장군은 천계(天啓) 신유년(1621) 무과에 뽑혔으며, 그 다음해 임술년(1622) 관북(關北 : 함경도)을 지키려고 2천리 먼 길을 가려다가 부인에게 말하기를, "대장부가 살아서는 당연히 나라에 보답하여야 하고 죽어서는 당연히 말가죽으로 시체가 싸여야 하리라." 하였다. 이제 쌍령에서 순절했던 일로 보건대, 장군의 이 말은 바로 장군이 평소 스스로 안 것이 깊었던 것이다. 무릇 말하면 반드시 행하여야 하고, 행하면 반드시 실천하여야 하며, 그런 뒤에 행한 것이 말한 것에 부끄럽지 않고, 말한 것이 양심에 부끄럽지 않으면, 이가 진정한 대장부이기 때문이다.

그때 장군과 함께 난리에 달려간 사람이 부장(部將) 신수(申樹)이었다. 그가 장군의 죽음을 애도한 뇌문(誄文)에 이르기를, 「향병(鄕兵)들은 거의 다 서로 만났으나, 유독 공과는 서로 만날 수가 없었기 때문에 공에 관한 소식을 물었더니, 단지 공이 곧바로 적진에 뛰어 들어간 것은 보았지만 물러나오는 것은 보지 못하였다고 하였는데, 바야흐로 많은 사람들이 발걸음을 다투어 되돌릴 즈음에 장군은 뒤따라서 홀로만 되돌리지 않았던 것이다. 그렇다면 당시 남쪽으로 발걸음을 되돌렸던 향병이야말로 곧 공이 머리를 북쪽으로 돌렸다는 것이 입증된다. 공이 곧바로 적진에 나아갔지만 되돌아오지 못한 것이야 사람들이 볼 수 없었던 것이고 오직 살아서 돌아온 패잔병들의 입에서만 얻어들었던 것이더라도, 다만 공이 그 이전에 변경을 수비하러 떠날 때의 했던 말과 전쟁터로 나아가며 부인에게 썼던 편지 등을 보면 이날 목숨을 내놓기로 했던 고심을 알 수 있을 것이다. 마음속으로 반드시 '저들이야 스스로 살기를 꾀할지라도 나는야 스스로 죽기를 각오하리니, 임금님이 궁궐을 떠나 피난 중이신데 또한 무슨 소용이 있겠는가마는, 말가죽에 싸여서라도 쌍령의 무덤이 되면 바로 나의 집일러라.'고 말하였을 것이다. 이에, 기꺼이 간과 뇌가 땅바닥에 으깨어지는 지경이 되어도 죽기를 사양하지 않았던 것이리라. 오호라! 그의 절개여.」

하였다.

그 후에 조정에서 판관(判官)으로 추증하였으니, 장군의 의로운 넋은 고향으로 돌아오지 못했지만 장군의 충성스러운 혼은 저승길에서라도 위로받기 바란다. 지금 그의 자손들이 땅에 묻히지 못한 장군을 한해에 한 번이라도 하늘을 바라보면서 제사지내는 것은 이것 또한 자손들의 심정으로야 부득이한 경우일 것이나, 역시 예에 없는 예라 할 만한 것이다. 다만 한스러운 것은 전할 만한 글이 있지 않은 것이다. 이에, 다만 장군의 말과 부인에게 부친 편지로써 장군을 흠모하는 마음을 장군의 자손들에게 고하여 후세에 남기노라.

윤 장군이 순절한 후의 세 번째 병자년(1816) 4월
영가 권이복이 기문을 짓다.

● 記

殉節錄記

雙嶺事, 尙忍言哉? 當北氛滔天[1], 勢若崑山[2]之燄, 積屍如山, 孰辨玉石於其間哉? 況今去丙子歲, 已百八十一年之久, 往劫煙消漠然, 無可信之跡矣。然其中死而有生氣者, 骨雖朽而香不沫, 乃吾鄕人尹忠祐將軍, 其人也。將軍以天啓辛酉, 拔跡虎榜, 其翌年壬戌, 成關北二千里, 行且語家人[3]曰: "大丈夫, 生當報國, 死當裹革." 今以雙嶺殉節事觀之, 將軍此言, 卽將軍平日自知之深也。夫言之必可行[4], 行之必可踐, 然後行不愧於言, 言不愧於心, 而是眞大丈夫矣。其時, 與將軍同時赴難者, 部將申樹也。其誄將軍文曰:「鄕兵幾盡相逢, 而獨與公不相見, 問公消息, 則只見公直前踴

---

1) 滔天(도천) : 높은 하늘에 널리 퍼짐. 곧 세력이 엄청나게 크게 퍼짐을 이르는 말이다.

2) 崑山(곤산) : 중국 서쪽에 있다는 전설상의 靈山인 崑崙山을 가리킴. 곤륜산에는 옥이 많이 생산되었으니, ≪서경≫<胤征>의 "불이 곤륜산을 태우면 옥과 돌이 모두 탄다.(火炎崑岡, 玉石俱焚.)"라고 하였다.

3) 家人(가인) : 아내. 부인.

4) 言之必可行(언지필가행) : ≪논어≫<子路篇>의 "군자는 이름하면 반드시 말할 수 있어야 하고, 말하면 반드시 행할 수 있어야 한다. 군자는 말에 있어 구차함이 없을 뿐이다.(君子名之必可言也, 言之必可行也. 君子於其言, 無所苟而已矣.)"에서 나오는 말.

入而不見其退云, 方衆足爭旋之際, 將軍之踵獨不旋矣。然則, 當日南趾之鄕兵, 卽公北首之證本矣。方公之直前不旋也, 人無見者, 惟得之於生還敗卒之口, 而獨以公昔年征戍一言, 及臨陣寄家人書, 可知此日舍命之苦心。其心必曰：‘彼自圖生, 我自決死, 吾君蒙塵, 亦何用? 馬革裹, 爲雙嶺一杯土, 是吾家也.’ 於是, 甘以肝腦塗之地, 而莫之辭也。烏虖! 其節矣。」其後, 朝家贈以判官, 將軍之義魄, 未返於鄕關, 而將軍之忠魂, 庶慰於冥途矣。今其子孫, 旣未得地藏, 歲一天望而祀之, 此亦子孫之情, 所不容已處, 而亦可謂無於禮之禮也。但恨未有文字可傳也。於是, 特以將軍之言, 與寄家人書, 以慕將軍之心, 留告將軍之雲仍於來後也。

尹將軍殉節 後三丙子[5]四月日, 永嘉[6]權以復記

---

5) 丙子(병자)：純祖 16년인 1816년.
6) 永嘉(영가)：경북 안동의 옛 이름.

순절록 후서

1.

　오호라, 예전에 한(漢)나라 복파장군(伏波將軍) 마문연(馬文淵 : 마원)
이 말하기를, "사나이는 마땅히 말가죽에 시신이 싸여서 돌아와
장례를 치러야 하거늘, 어찌 편안하게 침상에 누워 아녀자의 수중
에서 죽겠는가." 하였다. 나는 읽을 때마다 이 대목에 이르면 책을
덮고 무릎을 치며 탄식하지 않은 적이 없었으니, "오호라, 위대하
도다."고 하였다. 문연의 말이야말로 천 년을 격려하여 용맹스런
선비들이 그의 머리가 달아나는 것을 잊지 않도록 하려는 뜻이었
다. 그러나 세상은 문연의 말을 잘 알면서 문연의 마음을 제대로
알지 못하고, 문연의 마음을 알면서 문연의 일을 제대로 행하지
못하는 까닭에 아직도 지금까지 말안장에 걸터앉거나 발을 질질
끌며 끝내 뒤로 물러서지 않아서 문연처럼 행한 자가 없었다.
　문연이 죽은 후에 문연을 다시금 보게 될 줄은 생각지도 못했으
니, 곧 예전에 나라를 위하여 목숨을 바친 윤 장군 바로 그 사람이
다. 진실로 선인들에게 비겨 부끄러움이 없었고 후세사람들에게도
전할 만하였다. 나라를 위해 목숨을 바친 크나큰 그 절개는 이미

여러 군자들에 의해 기려졌다. 지금에는 다시 덧붙일 말이 없어서 대략이나마 들은 바를 기술하는 것도 부득이한 것이다. 내가 무능하지만 마침 이 고을의 수령이어서 장군의 발자취를 살피고는 삼가 절하고 다음과 같이 기록한다.

오호라, 장군의 절개여. 병자년(1636)에 이르러 북쪽 오랑캐가 날뛰는데도 문관들은 안일하였고 무관들은 놀기만 하였고 간신들은 화(禍)를 빚어내었다. 위로는 소국(小國 : 조선)을 사랑해준 은혜를 등지며, 중간으로는 왕실을 높이고 이적(夷狄)을 물리치는 의리를 더럽히며, 아래로는 처자식의 보호만 생각하며 강화하자는 말을 한 번 꺼내자, 당시 조정에 가득했던 사람들은 감히 그 잘못을 바로잡지 못하고 또 그대로 좇아서 화답하였으니, 끝내 성을 나와 항복하는 치욕을 면하지 못하였다. 만약 우리 삼학사(三學士 : 홍익한, 윤집, 오달제)가 대의를 밝혀 요망한 기운을 물리치지 않았다면, 우리나라 수천 리가 오랑캐의 권역으로 빠져 들어가지 않은 것이 얼마나 되었으랴.

장군은 한낱 채찍과 활을 들고 싸우다가 끝내 화살과 돌이 날라다니는 전쟁터에서 목숨을 바쳤다. 온 세상이 모두 글렀는데도 홀로 곰발바닥과 생선을 겸할 수 없다면 곰발바닥과 같은 충의만을 분별하여 취하였으니, 어찌 질풍 앞의 억센 풀 같아서 나라가 어려울 때 충성을 다 바친 신하가 아니랴. 의당 정려(旌閭)하라는 명이 있어야 할지라. 그러나 그 후손들이 보잘것없는 처지가 되어 선조의 빛나는 공적을 드러내고 기릴 수가 없어서 임금에게 진달하였는데, 단지 판관(判官)으로써 포상하는 은전으로 삼았으니 어찌 유감이 없다고 할 수 있겠는가?

나는 이에 가슴 깊이 사무치게 느끼는 바가 있었다. 나의 고조할아버지 충정공(忠貞公 : 윤집의 시호)은 삼학사(三學士) 중의 한 분이다. 지금 장군의 일을 보건대, 또한 나의 고조할아버지와는 비록 목숨을 바친 것이 같지 않더라도 의리를 지킨 것은 한가지일러니, 백대가 지난 뒤에라도 감개무량하지 않을 수 있으랴. 지금 편지 끝에다 감동한 뜻을 말할 수는 없으나, 다만 주부자(朱夫子 : 주희)께서 말씀하신 '나라에 몸 바치고 가업 이어받는 것을 영원히 받들고 분명히 경계하라.(死國承家, 永奉明戒.)'는 여덟 글자를 인용하여서 장군의 자손들을 면려하노니, 선대의 아름다움을 따르는 것이 옳을 것이다. 장군의 이름은 충우(忠祐)이고 본관은 파평(坡平)이다. 쌍령(雙嶺)은 곧 장군이 목숨을 바쳐 인(仁 : 대의)을 이룬 곳이다. 그리고 지금 찾아와서 글을 청한 사람은 장군의 6대손 상혁(相赫)이다.

숭정 후 세 번째 병자년(1816) 6월 하순
부사 남원 후인 윤희 삼가 쓰다.

2.

향생(鄕生 : 시골 선비) 윤유(尹柚)가 자기의 선조 윤 첨정(尹僉正 : 윤충우)이 부인 염씨(廉氏)에게 보낸 편지 및 우리 집안의 부장공(部將

公 : 신수)이 지은 뇌문(誄文)을 가지고 와서 나에게 보이며 말하기를, "이것은 우리 선조가 쌍령(雙嶺)에서 순절했을 때의 사적이라네. 또 이 글은 실로 그대 집안의 문헌이라네. 한 마디의 글을 써주기 바라네." 하였다. "돌아가신 장군에게 전해 내려오는 사적이 있는가?" 물으니, "없네." 하였으며, "차라리 죽었을지언정 시신이 거두어져 돌아왔을 때 장군이 전날 스스로 약속한 대로 말가죽에 싸였던가?" 물으니, "아니네. 다만 돌아오지 않았다고 해서 어찌 죽었다고 말할 수 있겠는가? 떠나간 지 3년이 지나도록 돌아오지 않은 뒤에서야 쌍령에서 죽은 넋이 되었음이 오직 이 글에 기록되어 있는 것을 알았다네." 하였다.

나는 마음이 편치 않아하며 말하기를, "말이 잘 나오지 않으나 장군이 죽었다고 한 것은 참으로 믿을 만하네. 다만 당시 장평(長平)의 조(趙)나라와 같았던 군졸들이 죄다 노중련(魯仲連)처럼 바다로 들어갔겠는가? 하물며 지금으로부터 장군의 시대까지는 이미 190여 년이나 되네. 쌍령의 일은 긴긴 세월이 지나서 관심이 이미 재처럼 식었다네. 그런데도 도리어 증거가 되지 않는 한 장의 말을 가지고서 장군의 마음과 자취를 밝히고자 하니 아, 서럽지 않겠는가. 비록 그러하지만, 나는 생각하기를 쌍령의 전투에서 아이와 어른, 귀한 사람과 천한 사람, 벼슬아치이건 아니건 막론하고 그야말로 궁지에 내몰리고도 고개 아래에서 후회하지 않았던 것은 모두가 의로운 무리였기 때문이라고 여기네." 하였다.

옛날 한태사(漢太史 : 사마천)는 이릉(李陵)이 계산(稽山 : 준계산)에서 패한 것을 쓰면서 이르기를, "한연년(韓延年)이 전사하였다."고 하였다. 무릇 한연년의 사적(事蹟)이 실려 있지 않지만 사씨(史氏 : 사마천)의 한 마디 말을 참고하여 믿는 것도 패잔병의 입에서 취한 것에 불과하나, 후세에 전해지면 의심하지도 않고 그가 나라를 위해 목숨을 바쳐 충성했다는 것을 알지 못함도 없으니, 그 당시 전쟁의 실제 상황을 생각건대 죽지 않을 수 없었던 자가 살아남았을 수도 있었던 데다 사내대장부들로 하여금 단 하루라도 구차스럽게 목숨을 부지하는 꾀를 내게 하였다면, 저 농서(隴西)의 복숭아와 오얏만이 깃발을 묻었던 날에 응당 외롭게 떨어지지 않았을 것이나 한연년은 의당 먼저 떨어져 전사하였던 것이리라. 지금 장군의 사적은 혹 여기에 가깝다 하겠는데, 이 한 장의 종이가 젖거나 태워지거나 하지 않고 파평 윤씨(坡平尹氏)의 대대로 전해오는 보따리에서 나온 것도 장군에게는 다행이니, 어찌 다른 것을 구하겠는가?

오호라! 병자호란은 하늘도 땅도 다 뒤집혀서 바야흐로 북쪽 오랑캐가 나라를 텅 비워두고 출병한 것이었다. 그 기세는 마치 거센 바람이 모래 휩쓸고 커다란 바위가 계란 짓누르는 듯해, 만일 한 번 그 칼날을 건드리면 반드시 갈기갈기 부서질 것임은 지자(知者)가 아니라도 가히 앉아서 헤아릴 수 있는 것이었다. 이때를 맞아서 장군은 농사짓다가 한낱 채찍과 활을 가지고 일어났다. 이미 시신(侍臣 : 近臣)이 척화(斥和)의 반열에 있지 아니하고 또 주장(主將)

이 떠맡아 지휘하고 통솔할 수 있는 자리에 없었으니, 장군과 같은 용맹으로써 만약 살아나가기를 꾀했다면 저 북쪽 오랑캐의 철기병(鐵騎兵)들이 한강을 건너기 전에 장군의 행적은 이미 백 보 오십 보와 같은 달아날 계책이 있었을 것이다. 오합지졸의 관군(官軍)들이 쌍령의 아래에 미치기 전에 장군의 깃발은 이미 새와 짐승처럼 뿔뿔이 달아날 마음이 있었을 것이다. 그러니 어떻게 그 두 발을 동여매서 떠나지 못하도록 하여 반드시 떠밀어서 함정에 빠뜨리고 나서야 그쳤겠는가?

부인에게 보낸 편지를 보건대, 극히 처절하고 비장하여 뜻있는 선비들의 눈물을 떨구게 할 만하였다. 그리고 그 '한번 죽는다(一死).' 글자만은 이미 가슴속에 확고부동하게 정해져 있었던 까닭에 발을 디딘 곳 이외에는 결단코 한 치도 돌릴 땅이 없도록 기꺼이 간과 뇌가 땅바닥에 으깨어져도 피할 줄 알지 못했으니, 세상에서 칭송하는 삼학사(三學士)에 견주어도 무슨 손색이 있겠는가? 유사(有司)가 듣지 못하는 것이 한스럽다. 또 전쟁터로 나아가서 편지를 봉한 날이 이미 장군이 죽었던 날의 저녁이 아니라는 것을 어떻게 알겠는가?

나는 일찍이 쌍령 아래를 지나가면서 이른바 속이 텅 비어 있는 해골을 보고 눈을 들어 멀리 쳐다보노라면 슬퍼하며 옛일을 회상하는 마음이 있었을 뿐이니, "오호라, 평소에 책을 읽으며 의리에 미치지 않고 어찌 부귀의 즐거움을 누리랴? 단연코 임금께 충성하고 윗사람을 위하여 목숨을 바치는 것을 할 만한 일로 여기다가 하루아침에 환난을 맞을 때면 손발이 다 닳도록 싸웠지만 한 개라도 변통하지 못하고 이따금씩 채찍과 활을 든 우림군(羽林軍)의 병사들에게 넘겨주었으니, 어찌 이마에 식은땀이 흐르지 않을 수 있겠는가?" 하였다.

또 나의 말로써 돌아가 후손들에게 고하기를, "장군은 무인이다. 과장된 말을 사용하지 말라. 한 다발의 은(殷)나라 고사리로써 장군의 넋을 부르고 쌍령 아래에서 제사지내는 것으로 충분하다. 무슨 덧붙일 말을 다시 구하겠는가?" 하였다.

장군의 이름은 충우(忠祐)이다. 젊었을 적에 서북 변방을 지키러 가서 직분을 다하며 초췌할 정도로 수고하였다. 그리고 쌍령의 일이 조정에 알려져 판관(判官)으로 추증되었으니 포상하는 은전(恩典)이었다. 부장공(部將公)과 동년출신(同年出身)이다.

숭정 후 세 번째 병자년 지나 경인년(1830) 설날 아침
예주 신홍원 서문을 쓰다.

●序

殉節錄後序

1.

　　烏虖! 昔在漢, 伏波將軍馬文淵[1], 有言曰 : "男兒當以馬革裹屍
還葬, 豈能臥牀上死於兒女子手中乎?"[2] 余每讀至此, 未嘗不掩卷
擊節而歎曰 : "烏虖! 偉哉." 文淵之言也, 可以激千載, 勇士不忘喪
其元[3]之志矣。然世能知文淵之言, 而不能知文淵之心, 知文淵之
心, 而不能行文淵之事, 故尙今無攄鞍[4], 曳足終不旋踵, 如文淵之
爲者矣。不意復見文淵於文淵之後, 卽古殉國尹將軍, 其人也。信
乎其無愧於前, 而可傳於後矣。其立殣大節, 已有諸君子之揚矣。

---

1) 文淵(문연) : 중국 後漢 장군 馬援의 자. 太中大夫, 隴西太守를 지내며 외민족을
　토벌하였다. 후에 伏波將軍에 임명되어 交趾(북베트남) 지방의 반란을 평정하여
　新息侯가 되었다.
2) ≪후한서≫<馬援傳>에 나오는 구절.
3) 勇士不忘喪其元(용사불망상기원) : ≪맹자≫<滕文公章句 下>의 "뜻있는 선비는
　죽어 도랑이나 골짜기에 있는 것을 잊지 아니하고 용맹스런 선비는 죽임을 당
　해 그의 머리 달아나는 것을 잊지 아니한다.(志士不忘在溝壑, 勇士不忘喪其元.)"
　에서 나오는 말.
4) 攄鞍(거안) : 後漢의 伏波將軍 馬援이 처음에 武溪의 蠻族을 토벌하러 가려 하매,
　光武帝가 마원의 나이 62세여서 늙었다고 출정을 허락하지 않자, 광무제 앞에서
　'말안장에 훌쩍 뛰어 올라 좌우를 둘러보면서(攄鞍顧眄)' 자신의 용력을 뽐냈다
　는 고사에서 나오는 말.

今無所更贅, 而略述所聞, 亦不得已也。余適承乏⁵⁾守是邦, 考將軍之蹟, 拜手而言曰 : "烏虖! 將軍之節也。當丙子, 北虜跳踉, 文恬武嬉⁶⁾, 奸臣媒孽。上而背字小之恩, 中而蔑尊攘之義⁷⁾, 下而思妻子之保, 講和之言一出, 而當日滿庭之人, 不敢矯其非, 又從而和之, 卒未免下城之恥。若非我三學士⁸⁾諸公之明大義・斥妖氛⁹⁾, 則吾東方數千里, 幾何無胥溺於左衽¹⁰⁾之域? 將軍以一介鞭弭, 卒殉身於矢石之間。當擧世滔滔¹¹⁾, 獨能辨取熊之義, 豈非爲疾風之勁草¹²⁾, 板蕩之誠臣乎? 宜有棹楔¹³⁾之命。而其雲仍¹⁴⁾零替¹⁵⁾, 不得

5) 承乏(승핍) : 적당한 사람이 없어 부득이 부족한 사람이 벼슬을 함. 이는 겸사로 자주 쓰이는 말이다.

6) 文恬武嬉(문염무희) : 韓愈의 <平淮西碑>에서 나오는 말로, 나라를 걱정할 줄 모르고 문관과 무관이 安逸에 빠져 향락이나 한다는 말.

7) 尊攘(존양) : 尊王攘夷. 왕실을 높이고 이적을 물리친다는 말.

8) 三學士(삼학사) : 병자호란이 일어났을 때 청나라에게 항복하는 것을 반대하다가 끝내 살해당한 세 사람의 학사. 洪翼漢, 尹集, 吳達濟를 이른다.

9) 妖氛(요분) : 요망한 기운으로, 청나라를 일컬음.

10) 左衽(좌임) : 左衽. 오른쪽 옷섶을 왼쪽 옷섶 위로 여민다는 뜻으로, 미개한 오랑캐의 풍속을 가리키는 말. "공자가 말하기를 '管仲이 桓公을 도와 패왕 노릇하여 천하를 한 번 바로잡으니 백성이 지금까지 그 덕택을 받았다. 관중이 없었다면 우리가 머리를 땋아 뒤로 내려뜨리고 옷섶을 왼편으로 여미게 되었을 것이다.' 하였다.(子曰 : '管仲相桓公, 霸諸侯, 一匡天下, 民到于今受其賜. 微管仲, 吾其被髮左衽矣.')"(≪논어≫<憲問篇>)에서 나온다.

11) 擧世滔滔(거세도도) : 나는 옳고 남은 그르다 하여 온 세상이 다 그렇게 되어 버렸음을 일컫는 말.

12) 疾風之勁草(질풍지경초) : 모진 바람에도 꺾이지 않는 강한 풀. 어떠한 곤란에도 마음이 흔들리지 않는 사람의 비유이다.

13) 棹楔(도계) : '棹楔'의 오기. 旌門이라고도 하는데, 훌륭한 업적을 남긴 사람의 사당이나 열녀효자문 등의 정문 앞에 세우던 붉은 물감을 칠한 나무문을 말하는 것으로, 좌우에 두 기둥을 세우고 지붕이 없이 心枋을 건너지르고 화살 모양의

發揚祖烈, 上達宸聰[16], 只以一判官爲褒典, 豈可謂之無遺恨耶? 余
於是重有所感者. 余之高王考[17]忠貞公[18], 卽三學士之一也. 今見
將軍之事, 亦與余高王考, 雖有致命之不同, 而秉義則一也. 其可
無興感於百代之下哉? 今於書末, 無以論相感之意, 只用朱夫子所
云'死國承家, 永奉明戒.' 八字, 以勉將軍之昆, 俾得追休于前人, 可
矣. 將軍諱忠祐, 坡平人也. 雙嶺, 卽將軍成仁之所. 而今來請言
者, 將軍之六代孫相赫[19]也.

　　　崇禎後三丙子[20] 六月下澣, 知府帶方[21] 後人尹爔[22]謹書

나무를 나란히 세워 놓았다.

14) 雲仍(운잉) : 대대로 이어지는 자손을 일컫는 말.

15) 零替(영체) : 세력이나 살림이 보잘것없는 처지가 됨.

16) 宸聰(신총) : 임금.

17) 高王考(고왕고) : 돌아가신 고조할아버지.

18) 忠貞公(충정공) : 尹集(1606~1637)의 시호. 본관은 南原, 자는 成伯, 호는 林溪·高山. 현감 尹衡甲의 아들이며 南陽府使 尹棨의 동생이다. 1627년 생원이 되었고, 1631년 별시문과에 급제하였다. 1632년 설서가 되었고 1636년 吏曹正郎·校理를 지낼 때 병자호란이 일어났다. 왕이 남한산성으로 피하고 산성이 포위되어 정세가 불리해져 崔鳴吉 등이 화의를 주장하자, 吳達濟 등과 함께 이를 극렬히 반대하는 상소를 올렸다. 결국 화의가 이루어지자 吳達濟, 洪翼漢과 함께 척화론자로 청나라에 잡혀가 갖은 고문을 받으며 끝내 굴하지 않다가 瀋陽의 西門 밖에서 사형되었다. 오달제, 홍익한과 함께 삼학사로 불린다.

19) 相赫(상혁) : 尹相赫. 미상.

20) 崇禎後三丙子(숭정후삼병자) : 純祖 16년인 1816년.

21) 帶方(대방) : 전북 南原의 옛 이름.

22) 尹爔(윤희, 1766~1847) : 본관은 南原, 자는 文甫, 1795년 식년시에 급제하였다. 생부는 尹亨柱이고, 양부는 尹昌柱이다. <高阜郡邑誌>에 의하면, 전라도 高阜郡에 1808년 6월 부임하여 1812년 6월 靑松府使로 옮겨갔다. 청송부사로 1817년 8월까지 재임하였다.

2.

有一鄕生柚[23], 其祖尹僉正寄夫人廉氏書, 及吾家部將公誅公文, 來示余曰："是吾祖雙嶺殉節時事蹟也。又此文實乃家文獻也。願賜一言以張之." 曰："先將軍有遺事乎?" 曰："未也." 曰："寧死而收骨而還, 馬革如將軍前日所自期乎?" 曰："未也。是惟無返, 何死之可言? 而去三年不返然後, 知其爲雙嶺遺魂惟此文在." 余蹙然曰："憂憂[24]乎, 將軍之死之云, 誠信矣。抑當日長平[25]之卒, 盡是蹈海之士[26]乎? 况今距將軍之世, 已百有九十餘矣。雙嶺之浩劫[27], 已灰冷矣。顧乃以一幅單辭[28], 欲暴將軍之心與迹, 吁非憾乎? 雖然, 余以爲雙嶺之役, 無小大賤貴顯晦, 至其直窮到底, 嶺下而不悔者, 均之爲義之徒." 昔漢太史[29], 書李陵[30]稽山[31]之敗

---

23) 柚(유)：尹柚. 미상
24) 憂憂(알알)：사물이 서로 어긋나는 모양을 나타내는 말.
25) 長平(장평)：山西省 高平縣 서북쪽에 있는 省 이름. 전국시대 秦나라 白起가 趙나라 趙括의 군사를 대파하고 降卒 40여만 명을 산 채로 파묻은 곳이다.
26) 蹈海之士(도해지사)：전국시대 齊나라의 高士인 魯仲連을 말함. 秦나라를 帝國으로 받들자는 新垣衍의 건의를 받고 "나는 동해를 밟고 죽을지언정 그렇게 할 수는 없다."고 하였다는 인물이다.
27) 浩劫(호겁)：끝없이 긴 시간. 긴긴 세월.
28) 單辭(단사)：한쪽만의 말로, 증거가 되지 않는 말.
29) 漢太史(한태사)：司馬遷. 중국 前漢의 역사학자. 친구 李陵이 흉노에 항복한 것을 변호하다 宮刑에 처해지자 부친의 뜻을 이어 ≪史記≫를 저술하였다.
30) 李陵(이릉)：중국 前漢 때 무장. 자는 少卿. 장군 李廣의 손자로, 젊어서부터 무예에 능했다. BC 99년 보병 5000명을 이끌고 흉노족의 대군과 싸워 격파했으나 무기와 식량이 떨어진 데다 흉노의 원군에게 포위되어 마침내 항복했다. 武帝는 이 소식을 듣고 크게 노하여 그의 어머니와 처자를 죽이려고 했는데 司馬遷이 이릉을 변호하다가 무제의 노여움을 사서 宮刑(거세의 형벌)에 처해졌다.

曰 : "韓延年戰死." 夫延年之事, 無載籍, 可攷史氏一言之信, 亦不
過取敗亡餘卒之口, 而後世傳之無疑, 無不知其爲爲國死忠, 則想
其當日緩急事勢, 有不容不死者存, 而使夫夫而爲一日苟活計, 彼
隴西之桃李[32], 未應獨墜於埋旗之日[33], 而延年當先爲之矣. 今將
軍之事, 或近之, 而此一紙之至今不水火之, 而出於坡平氏之世橐
者, 亦將軍之幸也, 是豈可以他求之哉? 烏虖! 丙子之亂, 地覆天飜,
方北人之空國而出也. 勢若長風捲沙, 巨石壓卵, 苟一犯其鋒, 則
必粉齏乎者, 非知者, 可坐筭矣. 當是時也, 將軍以一介鞭弭, 起於
鋤耰. 旣不在侍臣斥和之列, 又無主將可以維持[34]節制[35]之勢, 則
以若將軍之勇之猛, 苟可以圖生之, 彼北虜之鐵騎, 未渡漢水, 而將
軍之脚跟[36], 已有百步五十步之計矣. 官軍之烏合, 未到嶺下, 而
將軍之羽旄, 已有鳥獸竄之心矣. 安有絆其兩足, 而使之不去, 必

이릉은 흉노에게 항복한 뒤 單于(선우)의 딸을 아내로 맞이하고 右校王이 되어
선우의 정치·군사 고문으로 활동하다가 몽골고원에서 병사했다.
31) 稽山(계산) : 浚稽山. 漢武帝 때 騎都衛였던 李陵이 흉노를 정벌하러 출정했다가
한나라 군사들보다 몇 배나 많은 흉노의 군사들에게 포위되어 끝까지 항전하다
가 결국 힘이 다하여 흉노에게 항복했던 곳.
32) 隴西之桃李(농서지도리) : 司馬遷이 ≪사기≫<李將軍列傳>에서 隴西의 출신 李
陵을 두고 "복숭아와 오얏 나무는 말을 하지 않아도 그 아래에는 저절로 작은
길이 생기게 된다.(桃李不言, 下自成蹊.)"고 한 데서 나온 표현임.
33) 李陵은 漢武帝 때 隴西의 成紀 사람으로 보병 5천 명을 거느리고 單于(선우)의
기병 3만 명과 접전 끝에 패하여 쫓기다가 깃발과 기물들을 땅에 묻고 항복하
였다는 고사를 염두에 둔 표현임.
34) 維持(유지) : 책임을 떠맡음.
35) 節制(절제) : 지휘 통솔함.
36) 脚跟(각근) : 행적.

推而內之陷中而後已乎? 觀其與家人書, 極悽楚悲烈, 可隕志士之淚。而其一死字, 已鐵定於胸中, 故容足之外, 斷無一尺可旋之地, 甘以肝腦塗地, 而莫之知辟也, 視世所稱三學士, 何讓焉? 恨有司莫而聞也。又安知非臨陣絾書之日, 已是將軍畢命之夕乎? 余嘗過雙嶺下, 見所謂髑髏枵然[37]空者, 舉目長盱, 愴然有懷古之意云爾, 曰: "嗟呼, 彼[38]平居讀書覃義理, 安享富貴之樂? 斷然以忠君死長自許, 一朝遇患難, 手脚盡戰, 未能辦得一箇, 是往往讓與鞭弨羽林[39]之士者, 曾顙無泚乎?" 且以吾言, 歸告雲仍曰: "將軍武人也。休用夸辭爲也, 以一束殷薇, 招將軍之魂, 而祭於雙嶺下, 足矣。何贅說之更求? 將軍諱忠祐。早年戍西北關多盡悴勞。及事聞朝家, 贈以判官, 亦褒典也。與部將公, 同年出身。

　　　　　　崇禎三丙子 維庚寅臘朝, 禮州[40]申弘遠[41]叙

---

37) 枵然(효연) : 텅 빈 모양.

38) 彼(피) : 非의 뜻.

39) 羽林(우림) : 羽林軍. 새처럼 빠르고 숲처럼 많다 해서 붙여진 이름임.

40) 禮州(예주) : 지금의 영덕군 寧海.

41) 申弘遠(신홍원, 1787~1865) : 본관은 平山, 자는 穉亨, 호는 石洲. 廣瀨 李野淳의 문하에서 수학하였으며, 定齋 柳致明・注書 許傳・李忠立・柳致皓・徐善膺 등과 교유하였다.

순절록 지

1.

사람이라면 누구나 한번은 죽게 마련인데, 진실로 이름을 역사에 드리우지 못하면 하나의 초목처럼 썩을 따름이나, 나라를 위하여 죽어야 할 일로 몸소 순국열사가 되었다면 그 이름은 또한 썩지 않을 것이다.

오호라, 병자호란을 어찌 차마 말할 수 있으랴. 대가(大駕 : 임금의 수레)가 몽진해 있던 남한산성의 사태가 급박하였고 근왕군(勤王軍)도 차례로 결판났다. 이때에 영남의 군대가 쌍령(雙嶺)으로 갔는데, 포와 조총을 한 발 쏘고 나서 다시 장전할 틈도 없이 오랑캐의 철기병(鐵騎兵)들이 짓밟으니, 그 기세는 마치 거센 바람이 모래 휩쓰는 듯했다. 윤 판관(尹判官 : 윤충우) 같은 이는 백부장(百夫長)으로서 수레로 시체를 실어 나르고 있는 속으로 들어갔으니, 한창 싸울 때는 용감하고 용맹을 다한 뒤에는 죽을 것이고 죽은 뒤에는 굳센 혼백이 차라리 귀웅(鬼雄 : 웅걸한 귀신)이 될지언정, 패하여 뿔뿔이 흩어지는 패잔병과 함께 서는 것을 수치스럽게 여겼기 때문이다.

판관은 기개가 우뚝하고 풍채가 훤칠한데다 재주도 당시 사람들에게 칭찬받았는데, 신유년(1621) 서쪽 변방을 지키러 가고 갑자년(1624) 변란에 달려가고 정묘년(1627) 강화도로 대가를 호위하는 동안 이이저리 떠돌며 무릅썼던 온갖 고생을 빠짐없이 창을 베고 두루 겪었으니, 싸움터에서 죽어야 한다는 뜻은 평소 마음에 축적된 것이었다.

이때에 이르러 죽은 것은 나라를 위하여 목숨 바치고자 목숨을 버려야 할 의리를 힘써 이룬 것이니, 어찌 아름답지 않겠는가? 국난에 몸을 바친 뒤로 반신반의하다가 재기(再期 : 대상)에 이르러서야 신 부장(申部將 : 신수)의 제문이 있었던 것에 힘입어 반드시 죽은 것으로 단정하였는데, 이것은 근거할 만하였다.

아, 당시의 순절을 두드러지게 칭송할 만한 사람은 의당 좌병사(左兵使)와 우병사(右兵使)가 나란히 죽은 것보다 더한 것이 없겠으나 한 명은 분명하고 다른 한 명은 분명하지 않았는데, 그 자손들이 억울한 사정을 임금에게 호소한 연후에 조정에서 비로소 그들이 함께 죽은 것으로 알았다. 이것이 바로 판관이 가리워져 그 때에 빛나지 못한 까닭이다. 그러나 임금이 밝게 살펴 주시어 어두운 곳까지 비추지 않음이 없으시니, 마침내 군기시 판관(軍器寺判官)에 추증하여 풍교(風敎)를 세우고 절의를 장려하는 은전(恩典)에 또한 유감이 없게 하였다. 게다가 판관만이 남한산성의 포위가 풀어지기 전에 죽은 것은 또한 명나라의 신하였던 것이니 그 죽음은 더욱 영광이었다. 옛날에 말한 '목숨을 바쳐 절개를 지키는 것이 가장 오래 사는 것이라.'고 한 것은 과연 믿을 만하였다. 다만 한스러운 것은 목책 가득히 해골이 쌓였었지만 시체를 매장할 곳이 없었고 말가죽에 싸여서도 돌아갈 수 없었던 것이니, 헤아리건대 부질없이 영특한 혼과 의연한 넋으로 하여금 경관(京觀 : 적군의 무덤) 속에서 구름이 수심에 잠긴 듯 눈물 줄줄 흘리도록 한 것이다. 그 후손들이 수백 년이 지난 뒤에까지도 어찌 얼굴을 가리고 울지 않겠는가?

판관은 일찍이 무과에 급제하였고 관직은 첨정(僉正)에 이르렀으며, 정축년(1637) 정월 용양위 부사과(龍驤衛副司果)에 추증되었다. 나는 일찍이 쌍령 아래를 지난 적이 있었는데, 옛일을 애달파하는 마음을 금할 길이 없었다. 어느 날 윤형(尹炯)이 나를 찾아 쌍호서실(雙湖書室)로 와서 한 마디의 말로써 드러내달라고 하였는데, 내가 말하기를, "생각건대 나의 종숙(從叔) 만주공(晚洲公 : 권이복)께서 서술하시기를 다하셨다. 다시 무슨 덧붙일 말이 있으랴?" 하였다. 다만 그 조상을 위하는 정성을 생각하여 끝까지 사양하지 못하고 마음으로 느낀 바를 간략히 서술하여서 돌려보낸다.

숭정 병자년 후 195년이 지난 신묘년(1831) 정월 대보름 복주 권별 기록하다.

2.

대장부가 태어나서는 성스럽고 밝은 세상을 만나 조정에 앉아서 보불(黼黻 : 격조 높음) 계책으로 도와 죽백(竹帛 : 역사)에 이름을 드리울 수 없어도 장수가 되어 장검을 차고 센 화살을 끼고 전쟁터에서 죽어 충의의 귀신이 되어도 족하다.

우리 고을의 윤 장군은 이름이 충우(忠祐)로 인조(仁祖) 때 병자호란을 만나 백부장(百夫長)으로서 임금을 위한 선봉이 되어 쌍령의 싸움터에서 죽었다. 내가 일찍이 장군은 담력이 남보다 뛰어난데다 충의까지 겸비하여 우뚝하게 많은 사람 가운데 특출하였음을 들었지만 그 자세한 것은 알지 못했다. 금년 겨울에 그의 후손 윤형(尹烱)과 윤유(尹柚)가 그들의 선조가 몸 바쳤을 때의 유적(遺蹟)과 권 만주(權晩州 : 권이복) 어른이 지은 기문(記文)을 가지고 와서 나에게 보여주며 말하기를, "우리 선조의 당당한 의열(義烈)은 그 시대에 표창할 만하였으나, 불행히도 공업(功業)을 요절하여 세우지 못하여 몸과 이름이 파묻혔으니, 한 마디의 글을 써주기 바라네." 하였다. 나는 이에 일어나서 다음과 같이 일렀다.

"사람이면 누군들 죽지 않으랴만 의(義)에 죽는 것은 어려운 일이니, 이에 장군은 참으로 열장부(烈丈夫 : 절개가 굳은 대장부)라 이를 만하다. 보통사람은 평소에 충렬(忠烈)로써 스스로 기약하지 않는 일이 없다. 전쟁터에서 죽고 사는 것을 결단해야 함에 미쳐서 갑옷을 벗어버리고 무기를 끌며 달아나는 무리가 되지 못하게 한다면, 이릉(李陵)과 위율(衛律)이 됨을 면하고 돌아오는 자가 몇 사람이나 되었으랴? 이에 장군은 젊었을 때 무예로써 입신(立身)하였는데, 말타기와 활쏘기를 익히고 병법을 말하며 개연히 만 리나 되는 파도를 부수려는 뜻을 품었다.

이때 북쪽 오랑캐가 매우 치성하여 변경에서 자주 싸움을 일으키자, 장군은 무예에 뛰어나고 용감했기 때문에 관북(關北)을 지키러 떠났는데, 떠나기에 앞서 그 부인에게 말하기를, '살아서는 당연히 나라에 보답하여야 하고 죽어서는 당연히 말가죽으로 시체가 싸여야 하리라.' 하였다. 가정을 꾸리고 살지 못할까 하는 걱정과 목마르다고 하는 탄식과 같은 것은 말투에 조금도 보이지 않았으며, 분연히 일어나 자신을 돌보지 않고서 위급한 국가를 위해 목숨을 바치려는 것은 평소 마음에 축적된 것임이 알 만하였다.

임금께서 궁궐을 떠나 성이 고립되고 구원마저 끊어지자 근왕(勤王)하라는 조칙(詔勅)이 저 수(隋)나라 요군소(堯君素)가 나무 거위에다 전황(戰況)을 알리는 글을 묶었던 때보다 더 급박하니, 객관(客館)에서 군대를 점고하던 날에 장군과 부장(部將) 신수(申樹)는 손잡고서 서로 격려하였다. 이 어찌 충분(忠憤)이 마음속에서 북받쳐 적과 함께 살지 않기로 맹세한 것이 아니었으랴? 한스러운 것은 사람과 말들이 들끓었지만 의롭게 죽은 전말을 본 사람이 없었다는 것이다. 오직 본 것은 앞장서서 적진으로 나아가고는 돌아오지 않은 것이었다.

아닌 게 아니라 정말로 언덕에 있는 적진을 밟고 갈 때 머리와 몸이 둘로 나뉘더라도 마음은 두려워 떨지 않았던 것이렸다. 또 능히 옛날 사람이 겹겹의 포위 속으로 뛰어 들어가서 칼을 빼앗아 베고 찌른 것처럼 했더라도, 죽은 후에는 안색이 늠름하여 살아 있는 듯했으렷다. 또 불행히 적에게 사로잡혔어도 호되게 꾸짖으며 굽히지 않고 죽은 것이렷다. 마침내 피를 칼날에 묻히고 피로 벌판을 적셨지만, 전쟁터에서 싸우다 죽은 유골을 거두어 묻어줄 사람이 없었으니, 슬픈 일이다.

나는 젊어서 서울로 유학하였을 때 여러 번 쌍령(雙嶺)에 갔었는데, 눈으로 옛 싸움터를 보고는 주장(主將)이 험한 요새지를 지키지 못하고 패배를 자초한 것을 개탄하였다. 이때에 북풍이 거세게 휘몰아치고 오랑캐의 말들이 이리저리 날뛰는데도 우리나라의 무술이 뛰어난 선비라고는 볼 수가 없었으니, 겁에 질려 어찌할 줄 몰라 모래가 무너지고 기왓장이 부서지듯 여지없이 무너졌던 것은 사세가 그러하였던 것이다. 장군은 용감하였기 때문에 몸을 한번 떨치고 일어났던 것인데, 영남 일대의 사람들은 겁을 내었지만 앞에 있으면서 굳게 충의를 지키며 전쟁터 밖으로 한 발자국도 옮겨 달아나지 않았으니 어찌 그리도 장렬하단 말인가. 이러한 절의는 정려(旌閭)를 내리는 은전이 있는 것이 합당하였으나, 당시에는 상달(上達)하는 사람이 없었고, 사후에는 조정에서 벼슬을 추증한 것이 불과 판관(判官)에 그쳤으니, 애석하기가 그지없다."

이로 말미암아 마음으로 느낀 바를 서술하여서 돌려보낸다.

숭정 후 네 번째 경인년(1830) 12월 초순

진사 여흥 민종혁 서술하다.

3.

자신의 몸을 잊고 나라를 위해 죽었기 때문에 열장부(烈丈夫 : 절개가 굳은 대장부)의 일이다. 예로부터 안고경(顏杲卿)이 오랑캐에게 굴복하지 아니했고 장순(張巡)과 허원(許遠)이 수양성(睢陽城)에서 함께 순절했던 이 몇 사람들은 진실로 확고부동하게 정한 평소의 뜻이 없었다면 어찌 능히 전쟁에 임하여 절의를 결단할 때 죽음을 고향에 돌아가듯이 여겨 만고(萬古)에 강상(綱常)을 받들게 하였으랴?

시험삼아 파평(坡平) 윤 장군(尹將軍 : 윤충우)이 나라 위해 목숨을 바친 일로 본다면, 진실로 옛 열장부들에게 부끄럽지 않으니 장차 후세에 전쟁터에서 용감하지 않고 환난에 임하여 구차히 모면하는 선비들을 부끄럽게 만들 것이다. 또한 평소의 바른 지조가 없었다면, 어찌 능히 적진 앞으로 향했다가 마침내 물러나지 않고 적에게 죽었겠는가?

아, 장군은 충정공(忠貞公 : 윤집) 학사(學士)와 관향(貫鄕)이 같은 종족(宗族)으로 태어나서 이러한 때를 만나, 어려서는 사내아이의 장대한 뜻을 품고 자라서는 버들잎 뚫는 신묘한 기예를 배워서, 무과에 급제하고 용양위(龍驤衛)에 올랐다. 신유년(1621)에 북관(北關)을 열어 지키러 가는데 처자식들이 울며 이별하자, 장군이 옷소매를 들어 그치게 하며 말하기를, "대장부가 세상에 태어나서는 당연히 말가죽에 시체가 싸여야 하거늘, 어찌 아녀자의 품에서 죽으랴?" 하였다. 아, 장군의 이 말은 평소의 속마음을 쏟아낸 것이었고 뒷날 죽기를 맹세하며 후회하지 않았다는 증거가 되었으니, 이른바 굳게 지키려 했던 절개가 그 바름을 얻었더라도 후세에 그것을 들은 자이면 누군들 거기에 대해 눈물 훔치며 감개무량해 하지 않겠는가? 오호라!

병자호란 때 쌍령(雙嶺)의 참변은 어찌 차마 말할 수 있으랴. 피비린내가 하늘에 넘치고 시체가 산처럼 쌓였는데, 장평(長平)에서 파묻혀 죽은 군졸들이 모조리 아, 의사(義士)였을 줄 어찌 알랴. 게다가 장군으로 말하면 향수(鄕遂)와 부곡(部曲)의 우두머리가 되었을 때는 철석같은 심장이 갈기갈기 끊겼고 칼 같은 마음이 등등하였으며, 삼도(三道)의 군사들이 합세하여 진(陣)을 친 뒤에는 단지 도도히 자신의 간절한 포부를 펴보려는 마음만 있었지 조금도 슬금슬금 후퇴하려는 뜻은 없었는지라, 몸을 박차고 홀로 뛰어나가 먼저 적의 위험한 칼날을 범하였으니 보지 아니하였어도 알 만하였다. 나는 몇 명이나 되는 적의 수급을 베었는지 장수 몇 명을 죽였는지 알지 못하지만, 끝내 흉악한 칼날에 희생되었는데도 대오(隊伍)와 본영(本營)에서는 그 죽은 곳을 알지 못하였다. 아! 슬픈 일이로다.

오랜 세월 동안 격렬하여 죽었어도 죽지 않은 것은 오직 그 충성스러운 혼과 의로운 넋이었다. 그리하여 지금까지 200년 사이에 장군의 간과 뇌가 비록 땅바닥에 으깨어졌을지라도 장군의 절의는

되레 지금까지 인멸되지 않아서 임금님의 귀에까지 멀리 들어가
판관(判官)에 추증되었으니, 우로(雨露)가 만물을 사심 없이 적시는
것과 같은 임금의 은택은 감격할 만하였으나, 그 후손들이 떨치지
못함은 애석하여라.

이러한 사실의 전말은 선인들이 기술한 것에 잘 갖추어져 있어
서 반드시 빽빽하게 포갤 필요가 없었지만, 내가 병자호란 때 절
의를 지킨 집안의 자손으로서 그 사적을 듣고 슬픔을 견디지 못한
데다 또 장군의 일에 더욱 느낀 바가 있다.

숭정 후 네 번째 경인년(1830) 12월

파산 조승규가 쓰다.

殉節錄識

1.

人固有一死, 而苟不能名垂竹帛[1], 卽一草木之腐耳。爲國死事, 身爲國殤, 則其名亦不朽夫。烏虖! 崇禎丙子之亂, 尙忍言哉? 大駕蒙塵, 南漢事急, 觀王之師, 次第敗沒。于時, 嶺兵次于雙嶺, 砲銃一放, 未及再藏, 鐵騎蹂躪, 勢如長風捲沙。有若尹判官, 以百夫長, 幷入於輿尸[2]之中, 盖其方戰而勇, 旣勇而死, 死而後, 毅矣魂魄, 寧爲鬼雄[3], 而恥與潰散之卒爲伍故也。判官, 氣岸[4]磊落, 容姿軒軒, 以才力見稱於當時, 辛酉之戍西, 甲子之赴亂, 丁卯之沁都[5]扈駕, 備嘗枕戈[6]櫛風之勞, 其死綏[7]之志, 素所蓄積也。至是

---

1) 竹帛(죽백) : 옛날에는 종이가 없어 대쪽과 비단에 글을 썼던 것에 말미암아 '역사 또는 역사책'을 일컬음.

2) 輿尸(여시) 전쟁에 패하여 시신을 수레에 실어가는 것을 이르는 말.

3) 毅矣魂魄, 寧爲鬼雄(의의혼백, 영위귀웅): ≪楚辭≫ <九歌・國殤>의 "몸은 이미 죽었으나 정신은 신령하니, 혼백이 굳세어 귀웅이 되리로다.(身旣死兮神以靈, 魂魄毅兮爲鬼雄.)"에서 나오는 말.

4) 氣岸(기안) : 기개.

5) 沁都(심도) : 강화도를 달리 부르던 옛말.

6) 枕戈(침과) : 창을 머리에 베고 잠든다는 말. 기필코 적을 섬멸하려는 굳은 의지를 비유한 것이다. 東晉의 劉琨이 친구인 祖逖과 함께 北伐을 하여 중원을 회복할 뜻을 지니고 있었는데, 조적이 먼저 기용되었다는 말을 듣자 "내가 창을 머

而卒, 能辦殉國舍生之義, 不其韙歟? 一自死事之後, 將信將疑[8],
至于再期, 而賴有申部將之祭文, 斷之以必死, 是可據也。噫! 當日
殉節之表表[9]可稱者, 宜莫如左右兵使之駢命, 而一則顯, 一則不
顯, 其子訟冤[10], 然後朝家始知其同死。此乃判官之翳然不暘於其
時也。然天鑑[11]孔昭, 無幽不燭, 卒乃貤贈[12]以軍器寺判官, 樹風
獎節之典, 亦無憾矣。矧惟判官之死在於南漢解圍之前, 則亦一大
明之臣也, 其死尤有榮矣。古所謂死節最壽者, 果信然。獨恨夫滿
柵積骸, 無處收骨, 不能裹革還, 葵空使英魂毅魄, 雲愁雨泣於京
觀[13]之中也。爲其雲仍者, 寧不掩泣於數百載之下耶? 判官嘗登武
科, 官至僉正, 丁丑正月, 贈龍驤衛副司果。余嘗過雙嶺下, 不禁弔
古之懷矣。日尹生烔[14], 訪余於雙湖書巢, 乞一言以暴, 余曰 : "惟
我從叔晚洲公, 叙之盡矣。更何用贅說爲哉?" 第念其爲先之誠, 有

리에 베고 아침을 기다리면서 항상 오랑캐 섬멸할 날만을 기다려 왔는데, 늘 마
음에 걸린 것은 나의 벗 조적이 나보다 먼저 채찍을 잡고 중원으로 치달리지
않을까 하는 점이었다.(吾枕戈待旦, 志梟逆虜, 常恐祖生先吾箸鞭耳.)"라고 말한 데
서 나오는 말이다.

7) 死綏(사수) : 군사가 패하면 마땅히 그 진지에서 죽어야 함을 뜻하는 말.

8) 將信將疑(장신장의) : 半信半疑. 참과 거짓을 판단하기 어려워 어느 정도 믿으면
서도 한편으로는 의심하는 일.

9) 表表(표표) : 두드러져 눈에 띔.

10) 訟冤(송원) : 억울한 사정을 임금에게 호소해 시비를 변명하는 것을 일컬음.

11) 天鑑(천감) : 사람을 잘 알아보는 임금의 식견을 말함.

12) 貤贈(이증) : 追贈.

13) 京觀(경관) : 고구려 때, 戰功을 기념하기 위하여 상대편 전사자의 유해를 한곳
에 모으고 흙을 덮어 만든 큰 무덤.

14) 尹生烔(윤생형) : 尹烔. 미상.

難終辭, 略叙所感於心者, 以歸之。

崇禎丙子後 百九十五年 歲在重光單閼[15]上元日

福州[16]權徹[17]識

2[18].

　大丈夫生, 値聖明之世, 坐于廟朝, 不能贊黼黻[19]之猷, 垂竹帛

之名, 得爲將, 帶長劒・挾勁弓, 死於戰陣之間, 不失爲忠義鬼, 亦

足矣。吾鄉尹將軍, 諱忠祐, 當仁廟丙丁之亂, 以百夫長, 爲王前

驅,[20] 死於雙嶺之陣。余嘗聞其膽勇過人, 忠義兼備, 屹爲百夫之

特, 而未得其詳矣。今年冬, 其後孫烱・柚, 其先祖死事時遺蹟, 及

---

15) 重光單閼(중광단알) : 중광은 辛, 단알은 卯이므로 신묘년을 가리킴. 신묘년은 純
　祖 31년인 1831년이다.

16) 福州(복주) : 지금의 경북 安東.

17) 權徹(권별, 1770~1837) : 본관은 安東, 초명은 恒美, 자는 穉成, 호는 雙湖・棲碧
　亭. 아버지는 權以肅, 어머니는 豊山柳氏로 英陵參奉 柳聖曾의 딸이다. 생부는 權
　澄, 생모는 固城李氏 李元溥의 딸이다. 李象靖의 문인이다.

18) 이 글은 민종혁의 ≪竹巢文集≫ 권3에 <題尹將軍死義遺蹟後>로 실려 있음.

19) 黼黻(보불) : 협찬함. 또는 지극히 아름답고 격조 높은 文辭를 일컫기도 함. ≪논
　어≫<泰伯篇>의 "자기의 음식은 간략한 것으로 하고 귀신에게는 예물을 드렸
　고, 평시의 의복은 거친 것으로 입으면서 제례에 쓰는 슬갑과 면류관은 아름답
　게 하였고, 거처하는 궁실은 허술하게 하면서 보 도랑을 내는 데는 힘을 가하였
　으니, 우에 관해서는 나로서 비판할 데가 없다.(菲飮食而致孝乎鬼神, 惡衣服而致
　美乎黼冕, 卑宮室而盡力乎溝洫, 禹吾無間然矣。)"에서 나온 말이다. 黼는 黑白色으
　로 도끼 모양을 수놓은 것이고, 黻은 검정색과 파랑색으로 '亞'자 모양을 수놓은
　것이다.

20) 爲王前驅(위왕전구) : ≪시경≫<伯兮>의 "우리 님이 창을 쥐고서, 임금님의 선
　봉이 되었도다.(伯也執殳, 爲王前驅。)"에서 나오는 말.

權丈晚州翁記文, 來示余且曰 : "吾先祖堂堂義烈, 可以表章當世, 而不幸功業夭枉[21], 身名埋沒, 幸賜一言也." 余乃作而言曰 : "人誰無死, 死於義爲難, 若將軍眞可謂烈丈夫[22]矣. 凡人平居, 未嘗不以忠烈自期. 及其臨戰陣決死生, 不爲棄甲曳兵之徒, 則能免爲陵律[23]之歸者, 幾多人哉? 若將軍, 早以武藝發身[24], 習騎射, 談韜略[25], 慨然有萬里破浪之志矣. 是時, 北冦孔熾, 邊境數驚, 將軍以武勇, 戍關北, 臨行語其家人曰 : '生當報國, 死當裹革.' 若夫[26]靡室之憂[27], 載渴之歎[28], 略無見於辭氣, 其奮不顧身, 以殉國家之

---

21) 夭枉(요왕) : 夭折. 일찍 죽음.

22) 烈丈夫(열장부) : 절개가 굳은 대장부.

23) 陵律(능율) : 李陵과 衛律. 군신간의 의리를 저버리고 자기 목숨만 보전하려 했던 자들이다. 이릉은 漢武帝 때 보병 5천 명을 거느리고 單于(선우)의 기병 3만 명과 접전 끝에 패하여 쫓기다가 깃발과 기물들을 땅에 묻고 항복하였다. 위율은 胡人으로 한나라에 귀화했다가 李延年과 친하여 그의 추천으로 흉노에 사신을 갔는데, 돌아올 무렵 이연년이 한나라에서 죽음을 당하자, 화를 입을까 두려워 흉노에 항복하였다.

24) 發身(발신) : 천하거나 가난한 환경에서 벗어나 앞길이 폄.

25) 韜略(도략) : 六韜三略. 太公望이 지은 ≪六韜≫와 黃石公이 지은 ≪三略≫을 아울러 이르는 말. 중국 병법의 고전이다.

26) 若夫(약부) : …과 같은 것은.

27) 靡室之憂(미실지우) : ≪시경≫<采薇>의 "가정을 꾸리고 살지 못하니 험윤이 침범하였기 때문이라네.(靡室靡家, 玁狁之故.)"라는 구절을 염두에 둔 표현임. 그 주에 '험윤은 북쪽 오랑캐이다.(玁狁, 北狄也.)'라 하였다.

28) 載渴之歎(재갈지탄) : ≪시경≫<采薇>의 "고비를 캐네 고비를 캐네, 고비가 또 다시 부드럽게 자라누나. 돌아가세 돌아가세 마음이 또다시 근심하네. 근심하는 마음에 속이 타서 곧 시장하고 곧 목마르지만, 나의 수자리가 끝나지 않았으니 하여금 돌아간다는 소식을 전하지 못해요.(采薇采薇, 薇亦柔止. 曰歸曰歸, 心亦憂止. 憂心烈烈, 載飢載渴. 我戍未定, 靡使歸聘.)"라는 구절을 염두에 둔 표현임.

急, 素所蓄積, 可知也。及夫君父蒙塵, 城孤援絶, 覩勤王之詔, 急
於鵝頸29), 則客館點兵之際, 將軍與申部將樹, 握手相勉。玆豈非
忠憤之激於中, 而誓不與此賊俱生者乎? 惜其人馬駢闐, 其死義顚
末, 人無見者。惟見其挺身30), 有進而無退。其果陵陣躡行, 首雖
離而心不懲31)者耶。又能如古人之冒入重圍, 奪刀斫戟, 而死後顏
色, 凜然有生氣者乎。又不幸而爲賊所禽, 奮罵不屈而死者乎。竟
使血淸鋒鏑, 脂膏原野, 而沙場戰骨, 收瘞無人, 是可悲也。余少遊
京師, 累道於雙嶺之間, 目見戰陣古場, 慨然主將之不能攄險守要,
自取債敗也。當是時, 北風捲地, 胡馬衝突, 以我國不見兵革之
士32), 惘恫失措, 沙崩瓦解, 勢所然矣。以將軍之勇, 跳身一擧, 則
嶠南33)一路怛然34), 在前而乃固守忠義, 不移沙場一步地, 何其烈

---

29) 鵝頸(아경) : 木鵝의 목. 隋나라 堯君素가 戰況을 알리는 글을 묶어서 강물에 띄
워 보냈던 나무 거위를 일컫는다.

30) 挺身(정신) : 앞장섬.

31) 首雖離而心不懲(수수이이심부징) : ≪楚辭≫<九歌・國殤>의 "긴 칼을 차고 진에
서 생산되는 활을 잡았음이여 / 머리와 몸이 둘로 나뉘더라도 마음은 떨리지
않네.(帶長劍兮挾秦弓, 首雖離兮心不懲。)"에서 나오는 말.

32) 兵革之士(병혁지사) : ≪莊子≫<徐無鬼>의 "세상에서 뛰어난 선비는 조정에서
출세하고, 백성을 잘 다스리는 선비는 벼슬로 영화로운 생활을 하게 되고, 힘이
센 선비는 어려운 일을 당하여 실력을 발휘하고, 용감한 선비는 환란을 당하여
기개를 떨치고, 무술이 뛰어난 선비는 전쟁을 즐기며, 애써 노력하는 선비는 명
분을 추구하고, 법률에 밝은 선비는 다스림을 널리 펴고, 예의와 음악에 밝은
선비는 용모를 공경하고, 인의를 숭상하는 선비는 인간관계를 귀중히 여긴다.
(招世之士興朝, 中民之士榮官, 筋力之士矜難, 勇敢之士奮患, 兵革之士樂戰, 枯槁之
士宿名, 法律之士廣治, 禮敎之士敬容, 仁義之士貴際。)"에서 나오는 말.

33) 嶠南(교남) : 조령의 남쪽이라는 뜻으로, '경상도'를 이르는 말.

34) 怛然(달연) : 두려워하는 모양.

哉? 以若節義, 合有棹楔之典, 而當時無人上達, 身後朝家贈秩, 不
過判官而止, 可勝惜哉。因以所感於中者, 書以歸之。

　　　　　崇禎後四庚寅[35], 臘月[36]初旬, 進士　驪興閔宗爀[37]書

3.

　　夫忘身殉國, 故烈丈夫之事也。故呆卿不服於虜羯, 巡‧遠[38]
幷節於睢陽之數子者, 苟無鐵定素志, 其何能臨大事辦大義, 而視
死如歸, 扶綱常於萬古哉? 試以坡平尹將軍死於國之事觀之, 則寔
無愧於古之烈丈夫, 而將以愧後世戰陣無勇‧臨難苟免之士也。亦
無素守之正, 豈能此直前向, 遂不旋踵死於敵耶? 噫! 將軍以忠貞公
學士同貫之族生, 丁一時, 幼而抱懸弧[39]壯志, 長而學穿揚妙技[40],
擢虎榜, 登龍驤。歲皇明辛酉[41], 爰啓北關, 征戍之行, 妻孥哭別,

35) 崇禎後四庚寅(숭정후사경인) : 純祖 30년인 1830년.
36) 臘月(납월) : 음력 섣달.
37) 閔宗爀(민종혁, 1762~1838) : 본관은 驪興, 자는 祖彦, 호는 竹巢. 1797년 향시
　　에 합격하였으며 1798년 式年試에 급제하였다. 성균관에 입학해서는 別製와 임
　　금 앞에서 치르는 시험인 殿講에서 뛰어난 실력을 발휘했다. 벼슬에는 뜻이 없
　　어 고향으로 내려가 松鶴書院에서 후진양성과 학문 연구에 전념하였다. 權以復,
　　趙友殼, 李在璣 등과 교류하였다.
38) 巡遠(순원) : 張巡과 許遠. 唐나라 玄宗 때 安祿山의 난이 일어나자 睢陽城을 지키
　　다 사로잡혀 항복을 강요받았지만 거절하여 처형되었다.
39) 懸弧(현호) : 옛날에 사내아이가 태어나면 뽕나무로 만든 활을 문의 왼쪽에 걸어
　　놓았다는 데서, 사내아이가 태어나는 날을 이르는 말. 여기서는 '사내아이'의 뜻
　　으로 쓰였다.
40) 穿揚妙技(천양묘기) : 춘추시대 楚나라의 대부였던 養由基가 활을 매우 잘 쏘아
　　서, 백 보 밖에서 버들잎을 쏘아 백발백중했다는 고사를 일컫는 말.

將軍揮袖而止曰: "丈夫生世, 當馬革裹尸, 豈能死兒女子之手乎?"
嗟夫! 將軍此語, 瀉出平生肝肚, 而爲後日誓死靡悔之證, 卽所謂所
守之得其正, 而後之聞者, 孰不攬涕興感于斯哉? 烏虖! 丙子雙嶺之
變, 尙忍言哉? 腥穢滔天, 積尸如山, 安知長平坑卒盡爲烏虖義士?
而至於將軍, 則爲鄕遂[42] · 部曲[43]之將, 鐵腸寸斷, 釖心方張, 及夫
三道合陣之後, 只有滔滔嚮遑之心[44], 少無蹲蹲退步之志, 則其挺
身獨出, 先犯危鋒, 可不見是圖[45]。吾未知斬賊幾級, 殺將幾人, 而
卒受凶鋒, 使部伍本兵[46], 莫知其死所。噫! 其悲矣。激烈千古, 死
而不死, 其惟忠魂義魄。而距今二百年間, 將軍之肝腦, 雖塗地, 將
軍之節義, 尙此不泯, 天聽遠屆, 褒贈[47]以判官階, 可感其雨露無
私, 而惜乎其雲仍之不振也。事實顚末, 前人之述備矣, 不必稠
疊[48], 而余以丙子節義家後裔, 聞其事蹟, 不勝愴感, 而又於將軍之
事, 尤有感焉。

---

41) 皇明辛酉(황명신유) : 皇明天啓辛酉. 光海君 13년인 1621년.
42) 鄕遂(향수) : 지방의 고을을 일컬음. 周나라 제도에 王城에서 50리부터 1백 리까
   지의 사이를 鄕이라 하여 6鄕으로 나누고, 백 리 밖을 遂라 하여 6遂로 나누었
   다. 또는 2천 5백 戶가 사는 고을은 鄕, 다섯 고을[縣]은 遂라고도 한다.
43) 部曲(부곡) : 삼국시대부터 조선 초까지 존속하였던 천민층의 특수행정구역.
44) 嚮遑之心(향영지심) : 간절한 포부를 마음껏 펴보려는 마음을 은근히 바라봄. 嚮
   은 유심히 바라본다는, 혹은 은근히 기대한다는 뜻이다. 遑은 遑才인데 자기 재
   능을 애써 드러내 보이려는 것을 뜻한다.
45) 不見是圖(불현시도) : 보지 아니하여도 알 수 있음.
46) 本兵(본병) : 本營.
47) 褒贈(포증) : 공로를 인정하여 官位를 추증하는 일.
48) 稠疊(조첩) : 빈틈없이 차곡차곡 포개어 있음.

崇禎後四庚寅臘, 巴山[49]趙升奎[50]書

---

49) 巴山(파산) : 경상남도 咸安의 옛 이름.
50) 趙升奎(조승규, 1761~1834) : 본관은 咸安, 자는 大允, 호는 安窩. 그가 병자호란
   때 절의를 지킨 선조로 일컫은 이는 東溪 趙亨道(1567~1637)이다.

쌍령유서 발

1.

병자호란 때의 주화(主和)와 척화(斥和)가 남송(南宋) 때의 일과는
완급이 같지 않은데, 늦추면 어떻게 해볼 계책이 있고 급히 물리
치면 반드시 위태로운 형세가 있다는 것이니, 계책 가운데 해볼
만한 것이 있다는 것은 노중련(魯仲連)이 신원연(新垣衍)을 마땅히
달랬던 것이고 형세상 위태로워지면 대왕(大王)도 견융(犬戎)을 섬겼
던 것이다.

바야흐로 남한산성이 고립되어 병화(兵禍)가 조석으로 임박하였
을 때, 주화를 주창한 자들은 200년의 천운(天運)이 이미 건주(建
州 : 청나라)로 기울었음을 반드시 알지는 못했고, 척화를 주창한 자
들은 장화(張華)가 바둑판을 밀치며 아뢰었던 계책을 반드시 가지
고 있지는 않았다. 다만, 유심(劉諶)이 성을 등지고 싸우려고 했듯
이 하여 똑같이 죽어야 할 때에 능히 죽지 못한 자는 주화론자들
이고 능히 죽은 자는 척화론자들일 따름이었다. 능히 죽고 능히
죽지 못하는 것은 비록 넓은 하늘과 좁은 연못에 비하는 것과 같
겠지만 처했던 상황이 어쩔 수 없이 같다면 진실로 마땅히 시로

바라보며 한번 탄식했을 것인데, 각각 함께 할 수 있는 것이 무엇인가에 대한 분분한 시비로 영원히 천고(千古)의 불평을 일으켰단 말인가?

우리나라 풍속은 송(宋)나라 현인(賢人)들이 주부자(朱夫子)와 호담암(胡澹菴)의 남에 대한 칭찬을 정리해 엮은 것에 의거하여 따르기를 좋아하는데, 아직까지 결코 마지않는 것은 융통성 있는 의론이 못된다. 나는 일찍이 이것에 대해 개탄하고 있었는데, 지금 윤 장군의 전해 내려오는 사적을 보았다. 그가 죽은 날에 부인에게 쓴 편지를 패하여 돌아가는 군졸에게 부쳐 보냈는데, 그 편지를 보건대 자신의 시신을 거두려는 가족들의 여망(餘望)을 끊고 그 자손이 한평생 조심해야 할 것을 바로잡는 두어 마디 말로 그친 것에 불과하였지만, 내용이 간결하고 합당하였으며 일을 처리함에 침착한 것이 볼 만하였는데, 그 취하고 버리는 것이 이미 정해져 있었으며 정신과 생각이 어지럽지 않았으니 어찌 그리도 확고했단 말인가?

바야흐로 그 당시는 앞서 적군의 기세가 동요하고 있었지만 지휘하고 통솔할 수 있는 주장(主將)이 없어서 그러한 기세를 보고도 어찌할 수가 없어 죽을 자는 스스로 죽었고 돌아올 자는 스스로 돌아왔으니, 병졸의 대열에서 혹은 죽고 혹은 돌아온 것도 조정에서 혹은 주화(主和)하고 혹은 척화(斥和)한 것과 무엇이 달랐으랴? 장군이 사지(死地)로 나아가는 것을 제 고향에 돌아가듯이 여겼던 마음으로 저 바삐 달아나 구차하게 살아가는 사람을 보고 만일 식견이 좁으면서도 자신을 치켜세우는 병통이 있다면, 반드시 장차 종처럼 나무라고 개돼지처럼 꾸짖는 것이 그치지 않았을 것이다. 어찌 그 돌아가는 병사에게 맡겨 편지 부치는 것을 예사 길손이 멀리 있다가 돌아가는 것처럼 할 수 있었단 말인가?

생각건대 지금까지 주목한 일을 똑같이 불행하다고 여기지만, 죽은 것은 진실로 의(義)에 부합하고 돌아온 것도 괴이하지 않다. 자기 분수를 다하고 남을 탓하지 않은 것이니, 이는 마주보며 한 번 탄식하고 각각 그 하는 바를 한 것이라고 할 수 있다. 내가 말하기를, "윤 장군은 높은 곳에서 한번 죽는 것에 능할 뿐만 아니라 마음의 본바탕이 공평하니, 제 편은 감싸고 상대는 배척하는 자들에게 경계거리로 삼을 수 있을 것이다." 하였다.

숭정 후 무오년(1858)

전 돈녕도정 남상교 발문을 짓다.

2.

선비가 세상에 태어나서 불행히도 나라가 위태하고 어지러운 때를 만나 마땅히 죽어야 하면 죽는 것이 실로 대장부의 일이다. 내가 윤 첨정(尹僉正 : 윤충우)이 쌍령(雙嶺)에서 부인에게 부친 편지를 읽었는데, 세 번이나 반복해 읽으면서 무릎을 쳤다. 불현듯이 절도사(節度使 : 평안도 병마절도사) 김경서(金景瑞)의 심하(深河) 전투가

떠올라서 아닌 게 아니라 주먹을 불끈 쥐고 길게 탄식하며 다음과 같이 이른다.

"아마도 쌍령 전투 당시 좌절도사(左節度使 : 경상좌병사 허완)가 늙고 겁이 많아 범한 실책은 강홍립(姜弘立) 도원수(都元帥)가 거짓 서명하며 투항한 것보다 못하지 아니하였으니, 첨정이 불과 100명을 거느리는 우두머리로서 갑자기 건주위(建州衛 : 청나라) 오랑캐의 날랜 기마병이 이리저리 날뛰며 쳐들어오는 것을 당하였다. 비록 오획(烏獲)과 맹분(孟賁)의 용기, 손무(孫武)와 오기(吳起)의 책략을 지녔을지라도 저 정형(井陘) 같은 요충지가 장평(長平)처럼 와해되었다. 이러한 지경에 이르자 평소에 강구했던 '한번 죽는다(一死).'는 글자로 우리나라가 입은 만력제(萬曆帝 : 명나라 신종)의 은혜를 저버리지 않았고 우리 영남이 지닌 추로(鄒魯)의 고을 명성을 실추시키지 않았지만, 시체가 뒤섞인 경관(京觀 : 적군의 무덤) 속에서 그의 자취는 매우 은미하였다.

절도사 김경서가 심하의 전투에서 절의를 지켜 목숨을 버렸는데, 절도사의 아들이 아버지의 밀소(密疏) 및 일기와 가서(家書 : 집으로 보낸 편지)로 원통함을 호소하기 위하여 임금님께 올린 뒤에야 비로소 인조(仁祖)께서 높은 벼슬로 포상하셨고 정조(正祖)께서 시호(諡號)를 내리셨던 것과 비슷한 점이 있다. 지금 첨정이 부인에게 보낸 편지, 우리 고을의 읍지(邑誌), 부장(部將) 신수(申樹)의 뇌문(誄文)은 또한 명백하여 의심할 것이 없다고 할 만한데, 다만 자손들이 보잘것없는 처지가 되어 조정에서 포상한 은전(恩典)이 판관(判官)에 그쳐 한스러우니 어찌 유감이 없을 수 있으랴.

장사지낼 때는 남겨 놓은 옷가지의 깃발로 조령산(鳥嶺山)의 정상에서 초혼(招魂)하였다. 혹시라도 절도사의 아들이 압록강(鴨綠江)에서 초혼하는데 비바람이 불고 구름과 안개가 깔리면서 하늘에 가득하니, 꽹과리와 북 소리가 은은한데 오가는 자가 있었던 것인가? 정묘년(1627)에 오랑캐의 기마병이 우리나라를 침입했을 때, 절도사의 아들은 아버지의 원수에 대한 복수를 생각하고 조방장(助防將)이 되었지만 얼마 되지 않아 전쟁이 끝났다. 마침내 분개하여 피를 토하고 죽었는데, 가까운 몇 해 동안 오랑캐 사신이 이어지다가 그쳤으니 첨정의 아들 및 손자들은 필시 피를 토한 자가 있었을 것이다.

충성스럽고 절개가 굳은 집은 으레 충성스럽고 절개가 굳은 사람을 낳는 법이니, 세상이 혹 불행해지면 나는 윤씨 가문의 후손들 중에 뒤를 이을 사람들이 있으리라는 것을 안다. 그래서 천박하고 졸렬함을 살피지 않고 간략히 몇 줄의 글을 갖추어서 편말(篇末)에 부치도록 하노라."

전 참봉 풍산 김중휴 삼가 발문을 짓다.

雙嶺遺書跋

1.

丙子之主和斥和, 與南宋時事, 緩急不同, 緩則有可爲之策, 急則有必危之勢, 策有可爲, 則魯連[1]當責新垣[2], 勢在必危, 則大王亦事犬戎[3]。方當南漢孤城, 禍迫朝夕, 主和者未必知二百年天運已屬建州[4], 斥和者非必有張華推枰之籌[5]。只欲爲劉諶[6]背城之戰

---

1) 魯連(노련) : 齊나라의 魯仲連. 노중련은 뛰어난 변론으로 각 제후국의 분란을 수습해 주고는 말없이 초야에 자취를 감춘 호걸풍의 隱士였는데, 노중련이 趙나라에 있을 때 秦나라가 조나라를 포위하자 제후들이 진나라의 위세를 겁내어 진나라를 황제로 추대하려 함에 그는 新垣衍을 달래어 平原君에게 보내어서 평원군을 도와 그 일을 막고 진나라 군사가 물러나도록 하였으며, 평원군이 그 일에 대한 사례로 그에게 封地를 주려하였으나 세 번이나 사양하고 받지 않았다.

2) 新垣(신원) : 魏나라 장군 新垣衍.

3) 大王亦事犬戎(대왕역사견융) : ≪맹자≫<梁惠王章句 下>의 "오직 지혜로운 사람만이 능히 소국으로서 대국과 국교를 맺을 수 있으니, 그러므로 태왕이 훈육을 섬기고 구천이 오나라를 섬기게 된 것이다.(惟智者, 爲能以小事大, 故大王事獯鬻, 句踐事吳.)"는 구절을 염두에 둔 표현임. 獯鬻은 후대의 북방의 강력한 흉노가 되었다. 殷나라 때는 鬼方, 周나라 때는 獫狁, 전국시대 때는 犬戎, 그리고 漢나라 때는 흉노로 불렸다.

4) 建州(건주) : 만주의 建州女眞을 말함. 곧 건주여진의 추장이 바로 누루하치이며, 흔히 後金이라 일컫는다. 병자호란 때는 국호를 淸으로 바꾸었다.

5) 張華推枰之籌(장화추평지주) : 晉나라 武帝 때 益州刺史 王濬이 吳나라를 정벌해야 한다는 내용으로 상소를 올리고 杜預 역시 이에 동조하는 表文을 올렸지만 무제는 가부를 결정하지 못하고 있었는데, 두예의 두 번째 표문이 올라오자 무

等是臨死之際, 不能死者主和, 能死者斥和而已。能死與不能死,
雖若天淵, 其所遇之, 無可奈何則同, 固當相視一歎, 各爲共所爲
何, 乃紛紛是非, 永作千古之不平哉? 東俗好傚宋賢掇拾朱夫子·
胡澹菴[7]齒牙之餘[8], 尙至今斷斷不已者, 非通變之論也。余嘗有慨
於此, 今見尹將軍遺事。死之日, 作書於家人, 寄送敗還之卒, 觀其
書, 不過斷家人收骨之望, 定其子終身之忌, 數語而止, 辭意簡當,
處事從容可見。其取舍已定, 神思不亂, 何其確也? 方其時也, 前有
敵勢之崩騰上, 無主將之節制, 顧其勢亦無可奈何, 死者自死, 還者
自還, 行伍[9]之或死或還, 亦何異於朝廷之或和或斥哉? 以將軍赴死

제와 바둑을 두고 있던 張華가 바둑판을 물리고 손을 거두며, "폐하께서는 武德
이 있는 데다 나라는 부강하고 吳主는 淫虐한 데다 賢能한 이를 죽이고 있으니,
지금 치면 힘들이지 않고 평정할 수 있습니다. 원컨대 의심을 가지지 마소서."
라고 건의하여 무제가 드디어 결심하고 군사를 일으켜 오나라를 정벌하였다는
고사를 일컬음.

6) 劉諶(유심) : 蜀나라의 後主 劉禪의 아들. 그는 촉이 魏에 항복하려 할 때 "항복
보다는 부자 군신이 성을 등지고 한번 싸우다 죽을지언정 어찌 항복하겠는가."
하고 적극 싸우기를 주장하다가 임금이 듣지 않자 먼저 처자를 죽이고 자살했
던 인물이다.

7) 胡澹菴(호담암) : 南宋의 高宗 때 名臣인 胡銓. 담암은 그의 호이다. 일찍이 金나
라와의 和議를 적극 반대하여, 당시 화의를 주장하던 秦檜·孫近·王倫 등의 목
을 베라고 주청하기까지 하였다.

8) 齒牙之餘(치아지여) : 齒牙餘論 또는 齒牙餘芬. 아낌없이 남을 칭찬해 주는 것을
일컫는 말. ≪南史≫ 권19 <謝朓列傳>에 보이는 任彦升의 말로, "선비로서 명
성이 아직 수립되지 못한 사람에게는 응당 모두 함께 장려하여 성취시켜야 할
것이니, 치아 사이의 여론을 아껴서는 안 된다.(士子聲名未立, 應共獎成, 無惜齒
牙餘論.)"에서 나온 것이다.

9) 行伍(항오) : 병졸의 대열. 옛날의 군대 제도로서 25명을 行, 다섯 명을 伍라 하
였다.

如歸之心, 視彼奔竄而苟活者, 使有隙而自高之病, 則必將奴詬豕叱10)之不已。豈肯憑其歸而寄書, 如尋常行客, 在遠送歸者之爲也? 意以爲今日之事, 同是不幸, 死固合義, 還亦無怪。盡己分而不責於人, 斯可謂相視一欸, 各爲其所爲者也。余則曰 : "尹將軍高處, 不獨能於一死, 心地11)公平, 可以爲黨同伐異12)者之戒."

崇禎紀元後戊午13), 前敦寧都正 南尙敎14)跋

2.

士生於世, 不幸遇國家危亂, 當死而死, 實丈夫事也。余讀尹僉正雙嶺寄家人書, 三復擊節。忽憶金節度景瑞15)深河事16), 未嘗不

---

10) 奴詬豕叱(노후시질) : 종처럼 꾸짖고 돼지처럼 취급함.

11) 心地(심지) : 마음의 본바탕.

12) 黨同伐異(당동벌이) : 옳고 그름을 가리지 않고 자기편은 감싸고 다른 쪽은 배척하는 것을 일컫는 말.

13) 戊午(무오) : 哲宗 9년인 1858년.

14) 南尙敎(남상교, 1783~1866) : 조선의 천주교도. 본관은 宜寧, 호는 雨村. 진사시에 합격하고 벼슬은 忠淸牧使·同知敦寧府事에 이르렀으며, 문명이 높았다. 천주교 신자라 하여 아들 鍾三은 서소문 네거리에서 순교하고, 자신은 公州營에 투옥되었다가 1866년 아사함으로써 순교하였다.

15) 景瑞(경서) : 金景瑞(1564~1624). 본관은 金海, 초명은 應瑞, 자는 聖甫. 1618년 평안도 병마절도사로 있을 때 명나라가 建州衛의 後金을 치기 위해 원병을 요청하자, 부원수가 되어 원수 강홍립과 함께 구원병을 이끌고 출전했다. 그러나 富車에서 패전한 뒤 포로가 되었다가 몰래 敵情을 기록하여 조선에 보내려 했으나 강홍립의 고발에 의해 사형되었다.

16) 深河事(심하사) : 深河 전투. 심하는 姜弘立의 조선 구원군이 1619년 3월 2일에 도착하여 3일까지 머문 지역이다. 이른바 심하 전투란 조선과 명나라의 연합군이 만주의 심하에 있는 富車에서 후금의 군대와 싸우다가 패배한 전투를 일컫

扼腕長吁云: "盖雙嶺當日, 左節[17]之老恈失着, 不下於姜帥[18]之僞
署抑降[19], 則僉正不過以百夫之長, 猝當建虜[20]飛騎之衝突。雖有
烏孟之勇[21] · 孫吳[22]之策, 井陘[23]路隘, 長平瓦解。到此地頭, 平

는다.

17) 左節(좌절): 左節度使. 경상 좌병사 許完(1569~1637)을 가리킴. 본관은 陽川, 자
는 子固. 1636년 병자호란이 일어나자 영남좌도 절도사로 있던 그는 보병 1만
여 명을 이끌고 북진해 남한산성에 피난한 왕을 구하려 하였다. 그러나 廣州의
雙嶺에서 적을 만나 싸우다가 이듬해 전사하였다.

18) 姜帥(강수): 姜弘立(1560~1627)을 가리킴. 본관은 晉州, 자는 君信, 호는 耐村.
참판 姜紳의 아들. 1618년 명나라가 後金을 토벌할 때, 명의 요청으로 조선에서
구원병을 보내게 되었다. 이에 조선은 강홍립을 五道都元帥로 삼아 13,000명의
군사를 거느리고 출정하도록 했다. 그러나 조선과 명나라 연합군이 富車에서
대패하자, 강홍립은 조선군의 출병이 부득이하게 이루어진 사실을 통고한 후
군사를 이끌고 후금에 항복하였다. 이는 현지에서의 형세를 보아 항배를 정하
라는 광해군의 밀명에 따른 것이었다. 투항한 이듬해 후금에 억류된 조선 포로
들은 석방되어 귀국하였으나, 강홍립은 부원수 金景瑞 등 10여 명과 함께 계속
억류되었다. 1627년 정묘호란 때 귀국, 江華에서의 和議를 주선한 후 국내에 머
물게 되었으나, 逆臣으로 몰려 관직을 빼앗겼다가 죽은 후 복관되었다.

19) 抑降(억항): 投降의 오기.

20) 建虜(건로): 建州衛의 오랑캐. 곧 청나라를 일컫는다.

21) 烏孟之勇(오맹지용): 勇士 烏獲과 孟賁의 병칭. 오확은 전국시대 秦나라 武王 때
의 勇士인데, 千鈞의 무게를 들어 올릴 수 있는 장사로 무왕의 총애를 받았다.
맹분은 역시 秦나라 武王 때의 勇士인데, 소의 생뿔을 잡아 뽑아낼 수 있었으며,
땅에서는 맹수와 마주쳐도 두려워하지 않는 용기를 지녔고, 물속에서는 蛟龍과
의 싸움도 피하지 않았다고 한 인물로 夏育과 이름을 나란히 했다. 孟說이라고
도 한다. ≪전국책≫<韓策篇>에 "맹분 · 오확 같은 용사로 하여금 복종하지 않
는 약한 나라를 치는 것은 몇 천 근 무게를 새알 위에다 싣는 것과 같으니 반드
시 요행은 없을 것이다.(夫戰孟賁烏獲之士, 以攻不服之弱國, 無以異於墮千鈞之重,
集於鳥卵之上, 必無幸矣.)"고 하였다.

22) 孫吳(손오): 춘추시대 齊나라 孫武와 전국시대 衛나라 吳起의 병칭. 兵法家를 대
표적으로 일컫는 말이다.

23) 井陘(정형): 河北省에 있던 지역으로, 秦漢 시대의 군사적 요충지. 사면은 높고

日所講究, 一死字, 不負吾東萬曆之恩[24], 不墜吾南鄒魯[25]之聲, 混屍京觀, 其跡甚微。有似金節度之深河立殣, 節度子[26]以其密疏[27]及日記[28]家書籲冤, 登徹[29]之後, 乃始爲仁廟褒以崇秩, 正廟酬以美諡[30]。今僉正之寄家人書, 與本府邑誌·申部將誄文, 亦可謂明白無疑, 但恨子孫零替, 朝家褒典止判官, 豈無遺憾矣乎? 其葬, 遺

중앙은 낮아 마치 우물 같기 때문에 붙여진 이름이다. 漢나라 韓信이 이곳에서 배수진을 치고 싸워 趙나라에 대승을 거두었는데, 諸將이 그 연유를 묻자, 한신이 "병법에 말하지 않았던가. 죽을 곳에 빠뜨려야 살아나고, 멸망할 곳에 놔두어야 보존된다고(兵法不曰? 陷之死地而後生, 置之亡地而後存.)"라고 대답한 고사가 전한다. 退路를 미리 끊어 버리고서 강물을 등지고 결사적으로 싸우는 것을 표현할 때 쓰이는 고사이다.

24) 萬曆之恩(만력지은) : 明나라 萬曆帝 神宗이 명군을 임진왜란에 참전시켜 조선을 살려준 은혜인 再造之恩을 일컬음.

25) 鄒魯(추로) : 孔子와 孟子를 아울러 이르는 말. 공자는 魯나라 사람이고 맹자는 鄒나라 사람이라는 데서 유래한 말이다. 예절을 알고 학문이 왕성한 지방을 일컫는 말로 쓰인다.

26) 節度子(절도자) : 金得振(생몰년 미상). 본관은 金海. 1619년 五道都元帥 姜弘立과 부원수인 아버지 김경서가 군대를 이끌고 후금과 싸우는 명나라를 도우러 출정할 때 함께 출병하였는데, 富車에서 조선군이 후금군에게 패하자 자살하려 하였으나 아버지의 만류로 본국으로 돌아왔고, 대신 아버지는 후금에 투항한 후 살해되었다. 1624년 李适의 난 때에 공을 세웠고, 1627년 정묘호란 때에는 助防將으로서 활약하였다. 용강군수를 거쳐 자산군수로 부임하였는데, 후금의 사신이 온 것을 보고 울분이 터져 피를 토하고 죽었다고 한다.

27) 密疏(밀소) : 김경서가 후금의 정세를 파악하여 몰래 본국에 보내려 했던 상소문. 김경서는 이것이 발각되어 죽음을 맞았다.

28) 日記(일기) : 羅萬甲의 <丙子錄>에 의해, 김경서가 오랑캐 속에 있으면서 저쪽 사정을 자세하게 기록하여 조만간에 본국으로 부치려고 남몰래 썼다고 언급된 일기를 가리킴.

29) 登徹(등철) : 御覽에 올림. 곧 임금에게 계문함.

30) 正祖 때 김경서에게 襄毅라는 시호가 내려진 것을 일컬음.

衣旃纛招魂[31]鳥嶺山頂。或如節度子之招鴨綠江上, 風雨至雲霧從以漲空, 若有鐃鼓聲隱隱來徃者耶? 丁卯虜騎之東也, 節度子, 思復父讎, 爲助防將, 未幾兵罷。遂憤惋嘔血死[32], 比年[33]虜使連終, 僉正之子若孫, 必有嘔血者矣。忠烈之家, 例生忠烈, 世或不幸, 吾知尹家子姓[34], 有踵武[35]之人也。茲庸不揆鄙拙, 咯具數行, 付之篇末."云爾。

前參奉 豐山金重休[36]謹跋

---

31) 招魂(초혼) : 사람이 죽었을 때, 그 사람이 생시에 입던 저고리를 왼손에 들고 오른손은 허리에 대어 지붕에 올라서거나 마당에서 북쪽을 향해 「아무 동네 아무개 復」이라고 세 번 부르는 일.

32) 金景瑞에 관한 언급은 蔡濟恭(1720~1799)의 ≪樊巖先生集≫ 권47 <贈大匡輔國崇祿大夫議政府右議政行輔國崇祿大夫平安道兵馬水軍節度使兼寧邊大都護府使副元帥金公神道碑銘>에서 인용된 것임.

33) 比年(비년) : 가까운 몇 해.

34) 子姓(자성) : 후손.

35) 踵武(종무) : 뒤를 이음.

36) 金重休(김중휴, 1797~1863) : 본관은 豐山, 자는 顯道, 호는 鶴巖. 齋陵參奉를 지냈다.

종선조 첨정부군의 전해 내려오는 사적의 대략

　부군의 이름은 충우(忠祐), 성씨는 윤씨(尹氏), 본관은 파평(坡平)이
다. 시조는 신달(莘達)로 고려태사개국벽상공신(高麗太師開國壁上功臣)
이다. 언이(彦頤 : 6세)는 문하평장시강(門下平章侍講)을 지냈고 시호는
문강(文康)이다. 보(瑂 : 11세)는 대광부원군(大匡府院君)을 지냈고 시호
는 문현(文顯)이다. 곤(坤 : 15세)은 이조판서(吏曹判書)를 지냈고 봉호
는 파평군(坡平君), 시호는 소정(昭靖)이다. 황(堭 : 19세)은 호조판서(戶
曹判書)를 지냈고 행적을 살피니 공이 난리(계유정난을 가리킴) 중에
본직과 겸한 원수직을 참소 때문에 다 빼앗기고 영해(寧海) 수령으
로 보임되었다가 벼슬자리에 있으면서 죽었다. 그 손자(孫子 : 윤괄,
21세)에 이르러 청부(靑鳧 : 청송)의 산수를 아름답게 여기고 아껴서
비로소 그곳을 세거지로 삼았으니, 바로 부군의 6대조이다. 그렇
다면 청송 고을에 윤씨들이 있게 된 것은 짐작건대 공으로부터 시
작된 듯하며, 뒤따라 증조부 일(逸)은 장사랑(將仕郞)을 지냈고, 조부
계형(繼亨)은 호장(戶長)과 장사랑을 지냈으며, 아버지 귀림(貴琳)은
훈련주부(訓鍊主簿)를 지냈다. 어머니는 안동 권씨(安東權氏) 권막형
(權邈亨)의 딸이다. 정해년(1587)에 공을 청송(靑松)의 금연리(金淵里)

집에서 낳았다.

어려서부터 타고난 성품이 빼어나게 남달랐고, 그 뛰어놀 때는 이미 사방을 유람할 뜻을 두었다. 어느 날 우연히 산에 들어갔다가 비룡천(飛龍川)에서 준마를 얻자마자 바로 붓을 던지며 감개하여 탄식하기를, "대장부가 이 세상에 태어나서 비상한 때를 만나면 이름난 절개로써 벼슬을 취하지 않으면 안 되거늘, 어찌하여 장구(章句)에만 얽매이는 썩은 선비가 되어서 부귀를 탐하랴?" 하였다. 날마다 떼 지어서는 말달리며 시험 삼아 활 쏘고 사냥하였는데, 지금까지 옛일들을 잘 알고 있는 늙은이들이 말하는 비룡천, 마륵산(馬勒山), 후정(帳亭), 관석(貫石) 따위가 모두 그곳이었다.

천계(天啓) 신유년(1621) 무과에 급제하였고, 보는 이들은 모두 한 방면(方面)을 맡을 재주가 있는 것으로 인정하였다. 나라의 걱정거리가 서도(西道)에 있어 임금의 군대가 출정하게 되자, 공은 부대장[部伍將]으로서 모집에 지원하여 서도로 가게 되었는데, 임금이 특명으로 인견하고 대궐에서 한잔 술을 내리시매 특별한 은전(恩典)이었다. 출행하기에 앞서 부인에게 말하기를, "대장부의 처세로서 살아서는 당연히 나라에 보답하여야 하고 죽어서는 당연히 말가죽으로 시체가 싸여야 하리라." 하였다. 천리나 되는 관서 변방의 산에서 두 해 동안 부지런히 힘썼다. 그 후로 갑자년(1624)의 변란과 정묘년(1627)의 호란을 만나고도 온갖 어려움을 피하지 아니하고 강화도로 들어가 비바람을 겪었다. 쌍령(雙嶺)의 전투에 이르러서는 백부장(百夫將)으로서 곧장 오랑캐의 철기병들이 저돌적으로 쳐들어오는 것을 감당해야 했다. 마침내 분연히 일어나 자신을 돌아보지 않고 곧바로 적진에 나아가면서 회피하지 않았음은 실로 그 뒤에 전해오는 문헌에서는 알 수가 없는 것이나, 당시에 살아 돌아온 패잔병의 입에서 취한 것이었다. 일찍이 청송의 읍지(邑誌)가 수정되었고, 부장(部將) 신공(申公 : 신수)의 뇌문(誄文) 및 쌍령에 있을 때 부인에게 보낸 편지를 얻었는데, 대개 공의 순절이 어느 날에 있었는지 알지 못한다. 그러나 이것은 공의 마지막 글이었다.

부인은 파주 염씨(坡州廉氏) 염개산(廉凱山)의 딸이다. 외동아들 각(覺)은 참의(參議)에 추증되었고 다섯 아들을 두었으니 장자는 희생(喜生)으로 통정대부(通政大夫)였고 그 다음으로는 희심(喜深), 희철(喜哲), 희만(喜晩), 희업(喜業)이다. 희생은 세 아들을 두었으니 은좌(殷佐), 은상(殷相), 은보(殷輔)이며, 은보는 찰방을 지냈다. 희심은 세 아들을 두었으니 은빙(殷聘), 은성(殷成), 은매(殷梅)이며, 은매는 찰방을 지냈다. 희철은 아들 하나를 두었으니 은도(殷道)이며, 희만은 두 아들을 두었으니 첫째아들 은로(殷老)는 서예로써 청나라에 알려졌고 지금 공해(公廨)·사관(寺觀)의 편액들이 대부분 그의 손에서 나왔으며, 둘째아들은 은구(殷耉)이다. 희업은 아들 하나를 두었으니 은창(殷昌)인데 찰방을 지냈다. 나머지는 다 기록하지 않는다.

오호라! 공은 작은 일에 구애하지 않는 자질로써 무인(武人)을 하기로 마음먹고 진영(陣營)에 출입한 지 10여 년 동안 전혀 머뭇거

리거나 연연하는 마음이 없었다. 생각건대, 부인과 헤어지면서 한 말에서 이미 임금과 신하 사이의 큰 윤리를 알았지만, 뒤늦게 이룬 것은 '한번 죽는다.(一死)'는 글자 그대로였으니 평소 마음에 축적한 것의 만에 하나라도 저버리지 않았던 것이다.

아, 이러한 정충대절(精忠大節) 및 평소의 좋은 말과 아름다운 범절은 반드시 후세에 전할 만한 것이 있었지만, 지나간 긴 시간으로 인해 불 꺼진 재처럼 싸늘해졌고 기송(杞宋 : 문헌)은 징험할 것이 없었으며 몇 마디의 간단한 말, 문집의 글자에서도 대략일지언정 볼 수 있는 것이 전혀 없었다. 또 전쟁을 겪은 뒤에는 후손들이 미천하고 용렬하여 수습할 사람이 없어서 답답한 심정이었는데, 신공(申公 : 신수)이 지은 한 마디의 뇌문(誄文)이 지금까지 남아 민멸되지 않은 것도 하늘의 뜻이었다.

후손 상성(相成) 등이 여러 차례 고을 관아에 원통함을 아뢰고 마침내 사당을 세워 제사지냈다. 이어서 또 당대의 글 잘 쓰는 선비에게 글을 청하여 모우고 책자를 만들어서는 집안에 간직하게 하였다고 한다. 판각할 때에 그 일을 주관한 사람은 일가붙이 사웅(思應)이었다.

후손 윤두형 공경히 쓰다.

從先祖僉正府君遺事略

府君諱忠祐, 姓尹氏, 坡平人。始祖諱莘達, 高麗太師開國壁上功臣。有諱彦頤, 門下平章侍講, 諡文康。有諱琂, 大匡府院君, 諡文顯。有諱坤, 吏判, 坡平君, 諡昭靖。有諱墇[1], 戶判, 按蹟公嘗於亂中, 以本職兼元帥, 遇讒削職, 補外[2]寧海, 卒于官。及孫[3], 美愛青鳧[4]山水, 始居之, 卽於府君爲六代祖也。然則本府之有尹, 疑自公始, 與曾祖諱逸[5]將仕郞, 祖諱繼亨[6]戶長將仕郞, 考諱貴琳[7]訓鍊主簿。妣安東權氏邈亨女。丁亥生公于府內金淵里[8]第。幼姿

---

1) 墇(황) : 尹墇(1404~1466). 본관은 坡平, 자는 聖執, 호는 溟隱. 昭靖 尹坤의 현손이다. 1451년 문과에 급제하고 1453년 예조 정랑에 제수되었으며 1455년 호조 판서에 제수되었다. 그러다 首陽大君이 端宗의 왕위를 빼앗자 이에 분개하여 관직을 버리고 영해로 이주해 은거하면서 파평윤씨 영해 입향조가 되었다. 그가 자신의 호를 '溟隱'이라 한 것도 단종의 폐위와 관련된 것으로 보인다.

2) 補外(보외) : 高官을 징계하여 지방관으로 보임시키는 것.

3) 及孫(급손) : 손자에 미침. 이때 손자는 尹適(1462~1531). 본관은 坡平, 자는 美, 호는 處士. 寧海에서 靑鳧로 세거지를 옮겼다.

4) 靑鳧(청부) : 靑松의 옛 이름.

5) 逸(일) : 尹逸(1504~1571). 본관은 坡平, 자는 公于.

6) 繼亨(계형) : 尹繼亨(1524~1608). 본관은 坡平, 자는 遠路, 호는 松堂. 尹逸의 장남이다.

7) 貴琳(귀림) : 尹貴琳(1550~1600). 尹繼亨의 셋째아들이다.

8) 金淵里(금연리) : 지금 경북 청송읍의 金谷3里임. 菊溪마을로도 불렸다.

稟秀異, 其遊戲已有四方之志。一日, 偶入山, 得逸馬於飛龍川, 乃投筆慨然歎曰："丈夫生世, 遭遇非常, 要當⁹⁾以名節取位, 何至作章句腐儒, 以饕富貴?" 日與同隊, 馳馬試射獵, 至今古老¹⁰⁾所稱飛龍川·馬勒山¹¹⁾·帿亭·貫石等處, 皆其地也。天啓辛酉, 中武科, 見者皆許以方面之才。國憂在西, 王師出征, 公以部伍之將, 應募赴西, 上特命引見, 錫爵龍墀, 異數也。臨行, 語家人曰："丈夫處世, 生當報國, 死當裹革。" 千里關山, 兩歲勤勞。其後, 甲子之戌, 丁卯之亂, 不避艱險, 得全¹²⁾江都之風雨。至雙嶺之役, 以百夫之將, 直當鐵騎豕突。遂奮不顧身, 直前不避, 實後來文獻之所未徵者, 而得於當日生還餘卒之口者也。曾因本府邑誌修正, 得部將申公誅文, 及在雙嶺時寄夫人書, 蓋公殉節, 不知在何日? 然是公絶筆也。夫人坡州廉氏凱山女也。一男覺¹³⁾, 贈參議, 五子, 長喜生¹⁴⁾通政, 次喜深¹⁵⁾·喜哲¹⁶⁾·喜晩¹⁷⁾·喜業¹⁸⁾。喜生三子, 殷佐¹⁹⁾·

---

9) 要當(요당): 하지 않으면 안 된다는 뜻.
10) 古老(고로): 경험이 많아 옛일들을 두루 잘 알고 있는 늙은이.
11) 馬勒山(마륵산): 경북 청송읍 금곡3리의 북쪽에 있는 산. 太行山의 줄기이다.
12) 全(전): 轉의 오기.
13) 覺(각): 尹覺(1608~1693). 본관은 坡平, 자는 克一.
14) 喜生(희생): 尹喜生(1630~1714). 尹繼亨 → 尹貴璠 → 尹俊熙 → 尹商民에게 입양되었다. 윤충우의 아버지 尹貴琳이 윤계형의 셋째아들이다.
15) 喜深(희심): 尹喜深(1647~1704).
16) 喜哲(희철): 尹喜哲(1651~1711).
17) 喜晩(희만): 尹喜晩(1654~1726).
18) 喜業(희업): 尹喜業(1657~?).
19) 殷佐(은좌): 尹殷佐. 미상.

殷相20) · 殷輔21), 殷輔察訪。喜深三子, 殷聘22) · 殷成23) · 殷梅, 殷梅察訪。喜哲一子殷道24), 喜晩二子, 殷老25)以筆聞于天朝, 今公廨26) · 寺觀27)扁額, 多出其手, 次殷耉28)。喜業一子, 殷昌29)察訪。餘不盡錄。烏虖! 公以磊落30)之資, 起身弓馬, 出入行間31), 十餘年了無徘徊係戀32), 意其與家人臨別語, 已識君臣之大倫, 而晩來成就, 得一死字, 乃其無負素所蓄積之萬一也。惜乎! 以若藎忠大節, 其平日嘉言懿範, 必有以可傳於後者, 而往劫灰冷, 杞宋33)無

---

20) 殷相(은상) : 尹殷相. 미상.
21) 殷輔(은보) : 尹殷輔. 미상.
22) 殷聘(은빙) : 尹殷聘(1666~1705).
23) 殷成(은성) : 파평 윤씨의 명은공파 족보상에는 등재되어 있지 않음.
24) 殷道(은도) : 尹殷道(1678~1738).
25) 殷老(은로) : 尹殷老(1682~1752). 필명은 檀이다.
26) 公廨(공해) : 관가 소유의 건물.
27) 寺觀(사관) : 불교의 寺院과 도교의 道觀을 아울러 이르는 말.
28) 殷耉(은구) : 尹殷耉(1693~1726).
29) 殷昌(은창) : 尹殷昌(1678~?).
30) 磊落(뇌락) : 뜻이 커서 작은 일에 구애하지 않는 모양.
31) 行間(행간) : 군대. 陣營.
32) 係戀(계련) : 마음에 둠. 연연함.
33) 杞宋(기송) : 先代의 일을 증거할 만한 문헌이 됨을 뜻함. 杞는 周武王이 殷의 紂王을 멸한 뒤에 夏禹의 후손 東樓公을 봉하여 하우의 제사를 받들게 한 나라이고, 宋은 周武王이 殷의 주왕을 멸한 뒤에 成湯의 후손 微子를 봉한 나라이다. ≪논어≫<八佾篇>의 "하나라의 예를 내가 말할 수 있지만 하나라의 후예인 기나라가 내 말을 증거댈 만하지 못하고, 은나라의 예를 내가 말할 수 있지만 은나라의 후예인 송나라가 내 말을 증거댈 만하지 못하다. 그것은 문헌이 부족한 때문이니, 문헌이 넉넉하다면 내가 내 말을 증거댈 수 있을 것이다.(夏禮吾能言之, 杞不足徵也, 殷禮吾能言之, 宋不足徵也. 文獻不足故也,足則吾能徵之矣.)에서 나온 말이다. 孔子가, 夏나라와 殷나라의 禮制를 고증하려 하나 기와 송의 文獻이 없어서 고증할 수 없음을 한탄한 것이다.

徵, 片言集字不少槩見。又兵燹之餘, 後承[34]微劣, 無人收拾, 而盡
入鬱攸[35], 申公一言之誅, 至今在而不滅, 亦天也。後孫相成[36]等,
屢誦寃於棠陰[37], 遂立祠而祭之。仍又求言於當世立言之家, 裒成
一冊子, 俾藏于家云爾。鋟梓[38]時, 幹其役者, 族人思應[39]也。

後孫斗衡敬書

雙嶺殉節錄 下

---

34) 後承(후승) : 대를 잇는 아들.
35) 鬱攸(울유) : 화재를 맡은 신의 이름으로, 火氣 즉 火魔를 뜻함.
36) 相成(상성) : 尹相成(1768~1814). 윤충우 → 尹覺 → 4자 尹喜晩 → 尹殷老 → 2자
   尹飛龍 → 尹景春 → 윤상성으로 이어지는, 윤충우의 6대손이다. 윤경춘의 생부
   는 尹殷老의 장남 尹羽龍의 셋째아들이다.
37) 棠陰(당음) : 감당나무의 그늘. 周武王 때 召公이 西伯으로 정사를 베풀다가 감당
   나무 그늘 아래에서 휴식을 취했다는 고사에서 유래하여, 善政을 행하는 지방
   장관을, 또는 정사를 행하는 官所를 형용하는 표현으로 쓰이게 되었다.
38) 鋟梓(침재) : 劂剞과 같은 말로, 책을 찍어내기 위해 板刻하는 것을 말함.
39) 思應(사응) : 尹思應. 미상.

발1)

　종인(宗人 : 먼 일가붙이) 경환(景煥) 군은 첨정공(僉正公 : 윤충우)의 쌍령(雙嶺) 순절 사실을 장차 인쇄하여 널리 전해서 영원하기를 도모하였다. 내가 마침 경주부윤(慶州府尹)이었는데, 옷소매 속에 넣어 와서 보여주며 한 마디의 말을 청하는지라 그 끝에다 발문을 지어 주었다.

　아, 공은 먼 시골의 한미한 자로서 기세등등한 적을 당하여 만일 구차스럽게라도 살 수 있는 길이 있다면 새와 짐승처럼 뿔뿔이 달아나는 것이야 괴이할 것이 없다 하겠지만, 능히 반드시 죽어야 할 의리를 결단하였으며 삶을 버리고 의리를 취하는 구분을 밝게 분별하였다. 또 부인에게 보낸 편지를 보건대, 평소의 지조는 확실히 버릴 수 없는 것임을 이미 알 수 있었다. 그리고 전투 내내 마음과 몸을 다 바친 자취는 함께 전쟁터로 달려간 신 부장(申部將 : 신수)이 죄다 서술하였다.

　오호라! 공의 정충대절(精忠大節)은 수백 년을 거쳤어도 사라지지 않아 품계를 높여 포상되었고 사당을 세워 제향되었다. 또한 글

잘하는 여러 군자들이 드러내고 칭찬하였으니 나의 졸렬한 글로 쓸모없이 덧붙일 필요가 없겠으나, 백세의 족의(族誼)에 달려 있어서 흠모하는 것이 다른 사람보다 몇 배나 더하였던 데다 또한 경환 군의 청을 저버리기가 어려워 몇 줄을 써서 돌려보낸다.

숭정 무오년(1858) 정월 16일

종인 통정대부 전 이조참의 윤행모 삼가 발문을 짓다.

跋

宗人景煥²⁾甫³⁾, 以僉正公雙嶺殉節事實, 將鋟梓, 廣其傳, 以圖
不朽。余適尹東京⁴⁾, 袖而示之, 請得一言, 跋其後。噫! 公以遐鄕
冷跡, 當賊勢之憑陵, 苟有偸生之道, 無怪乎鳥獸之竄, 明辨熊魚之
分。且觀其與家人書, 已知其素守之確然不可而能決決必死之義,
棄也。而前後盡瘁之蹟, 同時赴戰, 申部將敍之盡矣。烏虖! 公之
精忠大節, 歷數百年不沬沬, 增秩以褒之, 立祠以享之。且有諸君
子立言, 以表揚之, 則不待余之拙辭架贅, 而係在百世之誼, 欽敬有
筵於他, 亦難孤景煥之請, 書數行而歸之。

崇禎紀元後 戊午(1858) 正月 哉生魄⁵⁾

宗人 通政大夫 前行吏曹參議 行謨⁶⁾謹跋

---

2) 景煥(경환) : 尹景煥. 미상.

3) 甫(보) : 남자미칭.

4) 尹東京(윤동경) : 東京府尹. 곧 경주부윤이다.

5) 哉生魄(재생백) : ≪서경≫<康誥>에 의거하여 보름 다음 날인 16일을 뜻함.

6) 行謨(행모) : 尹行謨(1800~?). 본관은 坡平, 자는 彦明. 1825년 식년시에서 합격
하였고, 1844년 증광시 문과에서 급제하였다. 1847년에는 金會明·宋廷和·趙
熙哲 등과 함께 弘文錄에 선발되었다. 이후 副校理 등을 역임하였다. 1850년에
는 과거시험의 감독관을 담당하였는데, 시험 중 부정이 발생하여, 유배형을 당
하였다. 1851년에는 사면되어, 應敎로 재직하였다.

찾아보기

≪쌍령순절록(雙嶺殉節錄)≫

경기대학교도서관 소장

여기서부터는 影印本을 인쇄한 부분으로 맨 뒤 페이지부터 보십시오.

　『쌍령순절록 雙嶺殉節錄』

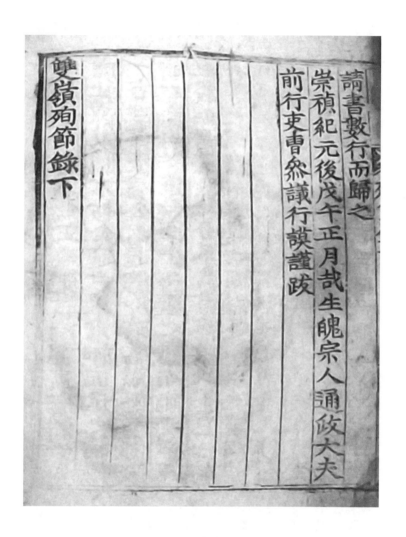

讀書數行而歸之

崇禎紀元後戊午正月哉生魄宗人通政大夫
前行吏曹叅議行謨謹跋

雙嶺殉節錄下

宗人景煥甫以僉正公雙嶺殉節事實將鋟梓
廣其傳以圖不朽余適尹東京袖而示之請得
一言跋其後憶公以退鄉冷跡當賊勢之憑陵
苟有偷生之道無怪乎鳥獸之窺而能决必死
之義明辨熊魚之分且觀其與家人書已知其
素守之礭然不可棄也而前後盡瘁之蹟同時
赴戰申部將叙之盡臭烏乎公之精忠大節歷
數百年不沫增秩以褒之立祠以享之且有諸
君子立言以表揚之則不待余之拙辭架贅而
係在百世之誼欽敬有慤於他亦難孫景煥甫

十餘年了無徘徊係戀意其與家人臨別語
已識君臣之大倫而晚來成就得一旡字乃
其無負素所蓄積之萬一也惜乎以若蹇忠
大節其平日嘉言懿範必有以可傳於後者
而逌劫灰冷杞宋無徵片言隻字不少槩見
又兵燹之餘後承微劣無人收拾而盡入夢
依申公一言之誅至今存而不滅亦天也後
孫相成等妥謌寃於棠陰遂立祠而祭之仍
又求言於當世立言之家裒成一冊子傳盛
于家云僉錄梓時幹其役者旅人息應也

日生還餘卒之口者也曾因本府邑誌修正

得部將申公諱文及在雙嶺時寄夫人書盖

公殉節不知在何日賭是公絕筆也夫人坡

州庶氏凱山女也一男覺贈參議五子長

喜生通政次喜濈喜哲喜晚喜蓁喜生三子

殷佐殷相殷輔殷輔察訪喜濈三子殷聘殷

成殷梅殷梅察訪喜哲一子殷道喜晚二子

殷老以筆聞丁　天朝令公屛寺觀扁頟多

出其手次殷耆喜業一子殷昌察訪餘不盡

錄烏虖公以磊落之資起身弓馬出入行間

饗富貴日與同隊馳馬試射獵至今古老所
無飛龍川馬勒山幉亭貫石等處皆其地也
天啓辛酉中武科見者皆許以方面之才國
憂在西 王師出征公以卻伍之將應募赴
西 上特命引見 錫爵 龍堞興勲也臨
行語家人曰丈夫處世生當報國死當裹革
千里關山兩歲勤勞其後甲子之戍丁卯之
亂不避艱險得全江都之風兩至雙嶺之役
以百夫之將直當鐵騎豕突遂奮不顧身直
前不避實後來文獻之所未徵者而得於嘗

諱坤 吏判坡平君諡昭靖有諱堭戶判按晴

公嘗於亂中以本職無元帥遇譏削職補外

寧海卒于官及孫愛青鳧山水始居之即

於府君為六代祖也然則本府之有尹疑自

公始與曾祖諱逸將仕即祖諱繼亨戶長將

仕即考諱貴琳訓鍊主簿姓安東權氏邀亨

女丁亥生公于府內金淵里第幼安稟秀異

其遊戲已有四方之志一日偶八山得逸馬

於飛龍川乃投筆慨然曰丈夫生世遭遇

非常要當以名節取位何至作章句腐儒以

旬節錄下

十二

之東也節度子息復父讎為助防將未幾兵罷

遂憤惋嘔血尤比年虜使連絡僉正之子若孫

必有嘔血者矣忠烈之家例生忠烈世或不幸

吾知尹家子姓有墮武之人也茲庸不揆鄙拙

昭具數行付之篇末云爾前參奉豐山金重休

謹跋

　　從先祖僉正府君遺事略

府君諱忠祐姓尹氏坡平人始祖諱莘達高

麗太師開國壁上刃臣有諱彥頤門下平章

侍講諡文康有諱班大匡府院君諡文顯

陰長平尾辭到此地頭平日所講究一炉字不

負吾東 萬曆之恩不暨吾南鄒曾之聲混屍

京觀其跡甚徵有似金節度之渡河立殣節度

子以其密疏及日記家書籲寃登 徹之後乃

始焉 仁廟褒以崇秩 一正廟酬以爰諡今金

正之寄家人書與本府邑誌申剞將誄文亦可

謂明白無疑但恨子孫零替 朝家褒典止判

官豈無遺憾矣乎其葬遺衣旋羲招飛鳥頷山

頂或如節度子之招鴨綠江上風雨至雲霧從

以漲空若有鐃鼓聲隱隱來往者耶丁卯虜騎

而不責於人斯可謂相覗一歎各為世所為者
也余則曰尹將軍高處不獨能於一砲心地公
平可以爲當同伐異者之戒　崇禎紀元後戊
午前敦寧都正南尚教跋

士生於世不幸遇　國家危亂當屯而屯實丈
夫尊也余讀尹僉正雙嶺寄家人書三復華節
忽憶金節度景瑞沒河事未嘗不扼腕長吁云
盖雙嶺當日左節之老㢠失着不下於姜邯之
爲署抑降則僉正不過以百夫之長猝當達虜
飛騎之衝矣雖有烏孟之勇孫吳之策亦區區

還之卒觀其書不過斷家人收骨之望定其子
終身之忌數語而止辭意簡當處事從容可見
其取舍已定神思不亂何其確也方其時也前
有敵勢之崩騰上無主將之節制顧其勢亦無
可柰何兎者自兎還者自還行伍之或兎或還
亦何與於朝廷之或和或所哉州將軍赴兎如
歸之心視彼奔竄而苟洽者使有臨而自高人
病則必將奴諾乎此之不已豈肯憑其歸而奇
書如尋常行客在遠送歸者之為也意以爲今
目之事同是不幸兎固合義還亦無怪雖已分

前卯城下

十二

連當貴新垣勢在必危則大王亦尊犬戎方當
南漢孤城禍迫朝夕主和者未必知二百年天
運已屬建州亦和者非必有張華推枰之籌只
欲為劉諶背城之戰等是臨危之際不能免者
主和能免者斤和而已能免與不能免雖若天淵
其所遇之無可奈何則同固當相視一欸名為其
所為何乃紛紛是非永作千古之不平試東俗
好做宋賢掇拾朱夫子胡澹菴齒牙之餘尚玉
今斷斷不已者非通變之論也余嘗有慨於此
今見丑將軍遺事死之日作書於家人臨迟沈

軍之首義尚此不泯　天聽遠屆褒　贈以判

官階可感其雨露無私而惜乎其雲仍之不振

也事實顚末前人之述備矣不必稠疊而余以

丙子節義家後啇聞其事蹟不勝愴感而又於

附軍之事尤有感焉　崇禎後四庚寅臘巴山

趙升奎書

跋

雙嶺遺書跋

丙子之主和斥和與南宋時事後爲不同幾則

有可爲之策愚則有必危之勢策有可爲則曾

苑靡悔之證即所謂所守之得其正而後之聞
者孰不攬涕興感于斯哉烏虖丙子雙嶺之變
尚忍言哉腥穢滔天積尸如山安知長平坑卒
盡爲烏虖義士而至於將軍則爲鄉遂部曲之
將鐵腸寸斷釖心方張及夫三道合陣之後只
有滔滔嚮邁之心少無蹲蹲退步之志則其挺
身孤出先犯兌鋒可不見是圖吾未知斬賊幾
級殺將幾人而卒受函鋒使部伍本兵莫知其
苑所噫其悲矣激烈千古苑而不苑其惟忠魂
義魄而距今二百年間將軍之肝腦雖塗地將

志其何能臨大事辦大義而視死如歸扶綱常
於萬古哉試以坡平尹將軍死於國之事觀之
則寔無愧於古之烈丈夫而將以愧後世戰陣
無勇臨難苟免之士也亦無素守之正豈能此
直前向逆不旋踵死於敵耶噫將軍以忠貞公
學士同貫之族生丁一時幼而抱懸弧壯志長
而學穿揚妙技擢虎榜登龍驤歲　皇明辛酉
爰啓北關征成之行妻弩哭別將軍揮袖而止
日丈夫生世當馬革暴尸豈能死兒女子之手
乎嗟夫將軍此語瀉出平生肝肚而爲後日誓

據險守要自取債敗也當是時北風捲地胡馬
衝突以我國不見兵革之士惶惻失措沙崩尾
辟勢所然矣以將軍之勇跳身一舉則嶠南一
路悁然在前而乃固守忠義不移沙場一步地
何其烈哉以若節義合有　棹楔之典而當時
無人上達身後　朝家贈秩不過判官而止可
勝惜哉因以所感於中者書以歸之崇禎後四
庚寅臘月初旬進士驪興閔宗爀書
夫忘身殉國故烈丈夫之事也故杲卿不服於
虜羯巡遠弁節於睢陽之數子者苟無鐵石素

塵城孤援絕觀王之詔急於鵝頸則客館點兵
之際將軍與申部將樹握手相勉茲豈非忠憤
之激於中而誓不與此賊俱生者乎惜其人馬
駢闐其兆義顯末人無見者惟見其挺身有進
而無退其果陵陣躙行首雖離而心不懲者耶
又能如古人之冒入重圍棄刀砟戰而兆後顏
邑凜然有生氣者乎又不幸而為賊所翁奮罵
不屈而死者乎竟使血漬鋒鏑脂膏原野而沙
場戰骨收瘞無人是可悲也余少遊京師累道
於雙嶺之間目見戰陣古場慨然主將之不能

世而不幸功業夭枉身名埋没幸賜一言也今

乃作而言曰人誰無死死於義為難若將軍眞

可謂烈丈夫矣凡人平居未嘗不以忠烈自期

及其臨戰陣凌死生不為棄甲曳兵之徒則能

免為陵律之歸者幾多人哉若將軍早以武藝

發身習騎射談韜略慨然有萬里破浪之志矣

是時北冠孔熾邊境數驚將軍以武勇戍闥业

臨行語其家人曰生當報國死當裹革若夫靡

室之憂載渴之歎略無見於辭氣其奮不顧身

以殉國家之急素所蓄積可知也及夫君父蒙

心者以歸之　崇禎丙子後百九十五年歲柱

重光單閼上元日福州權微識

大丈夫生值聖明之世坐于廟朝不能贊補蔽

之猷垂竹帛之名得爲將帶長劍挾勁弓疽於

戰陣之間不失爲忠義鬼亦足矣吾鄉尹將軍

諱忠祐當　仁廟丙丁之亂以百夫長爲王前

驅疽於雙嶺之陣余嘗聞其膽勇過人忠義奮

備屼焉百夫之特而未得其詳矣今年冬其後

孫烟袖其先祖疽事時遺蹟及權丈晚州翁記

文來示余且曰吾先祖堂堂義烈可以表章當

典亦無憾矣劍惟判官之兆在於南漢醉圓之

前則亦一 大明之臣也其兆尤有榮矣古所

謂死節最壽者果信歟獨恨夫滿枅積骸無處

收骨不能暴革還葵空使英魂駭魄雲愁雨泣

於京觀之中也為其雲仍者寧不掩泣於數百

載之下耶判官嘗登武科官至僉正丁丑正月

贈龍驤衛副司果余嘗過雙嶺下不禁弔古之

懷矣曰尹生烱訪余於雙湖書巢乞一言以暴

余曰惟我從叔晾洲公叙之盡矣夏何用贅說

為哉第念其為先之誠有難終辭略叙所感於

磊落容姿軒軒以才力見稱於當時辛酉之成
西甲子之赴亂丁卯之沁都扈　駕備嘗枕戈
櫛風之勞其死綏之志素所蓄積也至是而卒
能辦殉國舍生之義不其韙歟一自死事之後
將信將疑至于再期而頼有申都將之祭文斷
之以必妪是可攄也噫當月殉節之表表可稱
者空莫如左右兵使之馹命而一則顯一則不
顯其子訟寃默後　朝家始知其同妪此乃判
官之翳賦不賜於其時也然　天鑑孔昭無幽
不燭卒乃　馳贈以軍器寺判官樹風獎節之

人固有一死而苟不能名垂竹帛即一草木之
腐耳為國死事身為國殤則其名亦不朽夫烏
虖　崇禎丙子之亂尚忍言哉　大駕蒙塵南
漢事急觀　王之師次第敗沒于時嶺兵次于
雙嶺砲銃一放未及再藏鐵騎蹂躪勢如長風
捲沙有若尹判官以百夫長弁八於輿尸之中
盖其方戰而勇旣勇而死旣死而後殺美魂魄寧
為鬼雄而耻與潰散之卒為伍故也　判官氣岸

舉目長盱愴然有懷古之意云爾曰嗟呼彼平
居讀書覃義理安享富貴之樂斷然以忠君死
長自許一朝遇患難手脚盡戰未能辦得一箇
是往往讓與鞭弭羽林之士者曾賴無泚乎且
以吾言歸告云仍曰將軍武人也休用夸辭爲
也以一束殷薇招將軍之魂而祭於雙嶺下足
矣何贅說之爰求將軍諱忠祐早年戌西北關
多盡悴勞及事　聞朝家贈以判官亦褒典也
與都將公同年出身崇禎三丙子維庚寅臨朝
禮州申弘遠叙

可以圖生之彼此虜之鐵騎未渡漢水而將軍
之脚跟已有百步五十步之計矣官軍之烏合
未到嶺下而將軍之羽旄已有鳥獸竄之心矣
安有絆其兩足而使之不去必推而內之陷中
而後已乎觀其與家人書極悽愴悲烈可隕志
士之淚而其一死字已鐵定於留中故容足之
外斷無一尺可旋之地甘以肝腦塗地而莫之
知辟也視世所稱三學士何讓焉恨有司莫而
聞也又安知非臨陣縅書之日已是將軍畢命
之夕乎余嘗過雙嶺下見所謂髑髏拐胩空者

急事勢有不容不死者存而使夫夫為一日
苟活計彼隴西之桃李未應獨墜於埋旗之日
而近年當先為之矢今將軍之事或近之而此
一紙之至今不水火之而出於坡平氏之世橐
者亦將軍之幸也是豈可以他求之哉烏虖丙
子之亂地覆天翻方北人之空國而出也勢若
長風捲沙巨石壓卵苟一犯其鋒則必粉齏乎
者非知者可坐籌矣當是時也將軍以一介鞭
弸起於鋤耰既不在侍臣所和之列又無主將
可以維持節制之勢則以若將軍之勇之猛苟

為雙嶺遺魂惟此文狂余感慨曰憂慮乎將軍
之死之云誠信矣抑當日長平之卒盡是蹈海
之士乎況今距將軍之世已百有九十餘矣雙
嶺之浩劫已灰冷矣顧乃以一幅單辭欲暴將
軍之心與迹吁非憾乎雖然余以為雙嶺之役
無小大賊貴顯晦至其直窮到底嶺下而不悔
者均之為義之徒昔漢太史書李陵稽山之敗
曰韓延年戰死夫延年之事無載籍可攷史氏
一言之信亦不過取敗匹餘卒之口而後世傳
之無疑無不知其為為國死忠則想其當日緩

休于前人可矣將軍諱忠祐坡平人也雙嶺即
將軍成仁之所而今來請言者將軍之六代孫
相赫也崇禎後三丙子六月下澣知府帶方後
人尹爀謹書

有一鄉生柚其祖尹僉正寄夫人廉氏書及吾
家部將公諫公文來示余曰是吾祖雙嶺殉節
時事蹟也又此文實乃家文戲也願賜一言以
張之曰先將軍有遺事乎曰未也曰寧死而收
骨而還馬革如將軍前日所自期乎曰未也是
惟無迸何尤之可言而去三年不返然後知其

枢之域將軍以一介鞭弭卒殉身於矢石之間
當舉世滔滔獨能辦取熊之義豈非爲疾風之
勁草板蕩之誠臣乎宜有棹楔之　命而其雲
仍零替不得發揚祖烈上達　宸聰只以一判
官爲褒典豈可謂之無遺恨耶余於是重有所
感者余之高王考忠貞公卽三學士之一也今
見將軍之事亦與余高王考雖有致命之不同
而秉彝則一也其可無與感於百代之下哉今
於書末無以論相感之意只用宋夫子所云死
國承家永奉明戒八字以勉將軍之昆伸得追

意行見文淵於文淵之後卽古殉國尹將軍其
人也信乎其無愧於前而可傳於後矣其立殣
大節巳有諸君子之揚矣今無所庸贅而略述
所聞亦不得巳也余適承之守是邦考將軍之
蹟拜手而言曰烏虖將軍之節也當丙子北虜
跳踉文恬武嬉奸臣媒孽上而背字小之恩中
而蕩尊攘之義下而恩妻子之保謳和之言一
出而當日滿庭之人不敢矯其非又從而和之
卒未免下城之恥若非我三學士諸公之明大
義斥妖氛則吾東方數千里幾何無胥溺於左

軍殉節後三丙子四月日永嘉權以復記

序

殉節錄後序

烏虖昔在漢伏波將軍馬文淵有言曰男兒當
以馬革裹屍還葬豈能臥林上宛於兒女子手
中乎余每讀至此未嘗不掩卷擊節而歎曰烏
虖偉哉文淵之言也可以激千載勇士不忘袞
其元之志矣然世能知文淵之言而不能知文
淵之心知文淵之心而不能行文淵之事故尚
今無據鞍曳足終不旋踵如文淵之為者矣不

征戍一言及臨陣寄家人書可知此日舍命之
苦心其心必曰彼自圖生我自沒死吾君蒙塵
亦何用馬革裹爲雙嶺一杯土是吾家也於是
甘以肝腦塗之地而莫之辯也烏虖其節矣其
後 朝家贈以判官將軍之義魄未返於鄉關
而將軍之忠魂庶慰於寅逵矣今其子孫既未
得地藏歲一天望而祀之此亦子孫之情所不
容已處而亦可謂無於禮之禮也但恨未有文
字可傳也於是特以將軍之言與寄家人書以
暴將軍之心畱告將軍之雲仍於來後也尹將

語家人曰大丈夫生當報國死當裹革今以雙
嶺殉節事觀之將軍此言即將軍平日自知之
溌也夫言之必可行行之必可踐然後行不愧
於言言不愧於心而是眞大丈夫矣其時與將
軍同時赴難者都將申樹也其誅將軍文曰鄉
兵幾盡相逢而獨與公不相見問公消息則只
見公直前踶八而不見其退云方衆足爭旋之
際將軍之踵獨不旋矣然則當日南赴之鄉兵
即公此首之證本矣方公之直前不旋也人無
見者惟得之於生還敗卒之口而獨以公靑年

附錄

記

殉節錄記

雙嶺事尚忍言哉當此氛淄天勢若崑山之燄
積屍如山亂辨玉石於其間哉況今去丙子歲
已百八十一年之久徃劫煙消漠然無可信之
跡矣然其中奄而有生氣者骨雖朽而香不沫
乃吾鄉人尹忠祐將軍其人也將軍以天啓辛
酉拔跡虎掬其翌年壬戌戍關北二千里行日

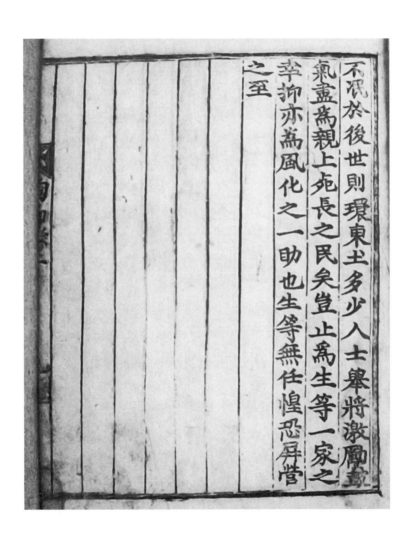

不泯於後世則環東土多少人士舉將激厲
氣盡爲親上死長之民矣豈止爲生等一家之
幸衜亦爲風化之一助也生等無任惶恐屏營
之至

百歲而猶尚如此況且數百載之下乎若世級

念降事蹟無憑則後之人又何從而得其髣髴

子 朝家所以褒義勸忠之意安在哉生等

自不得不為世道慨恨也僭欲建立數間廟宇

以寓羹墻之慕而事力不逮所謂無財不可以

為悅者也竊伏念勵世磨鈍惟在於 上顯微

勸忠亦在於 上則為子孫者亦安得全委之

於無財與不得而一無所哀籲於 上之人

也哉其立蓮楗槩略具於同時赴戰申公誄辭

蔽以幷錄以上乞賜覽察焉所以顯揚之得以

一心靡盬及至丙子雙嶺之役則乃公爾忘身
地也公以百夫之將猝當此虜之豕突正所謂
螗蜋之勢蚍蜉之援雖婦人孺子亦知其萬無
地而生等先祖不以全軀爲念惟以殉國爲義
矢窮力盡猶且張空拳冒白刃此首爭殉敵竟
以身膏草野嗚噫悲夫生之先祖位不過執戟
名不稱當世而究其奮不顧身以殉報國之心
則雖古烈士無以過之也肆惟 朝家贈以軍
器寺判官之職者寔出於激勸忠義之至意而
世代漸遠事蹟浸微自丙子至于今將不滿二

建是祠今年春葺而新之公偫裔斗僉管其事
使來告余爲之記巳未雖夏前猗奉柳致嫡記

　本孫呈方伯文

伏以生等六代祖宣略將軍權知訓鍊僉正
贈軍器寺判官諱忠祐卽開國功臣昭靖公諱
坤之十二世孫也以　天啓元年辛酉擢虎榜
是時　國憂在西王師出關而生等先祖選在
其中臨行寄語夫人曰大丈夫生當報國苑當
飛革安能臥牀上兒女子手中乎千里關山
兩歲勤勞後値甲子之戊丁卯之亂不避艱險

見賊勢難敵欲偷生於散卒之間亦無難也而
公之心為　國而不知有身取義而不欲苟活
舍命赴敵視死如歸可謂烈矣于斯時也蒲廷
惺惴爭附和議全節捐軀明大義於天下者不
過三五公而巳公以一介鞭弭抗兇鋒蹈白刃
辨熊魚於危恐之際其平日素蘊又可知巳
朝廷既贈官以襃之而松鄉後人復慕之不衰
設香火之奉為久遠之計忠魂毅魄勞聘頤亨
於斯而風勵一世使人皆知衛國虎長之義亦
可謂有禆於世教矣丙子後一百七十年戊辰
旬節孫上 七八

家人曰丈夫生當報國死當裹革自壬戌至丁
卯備經艱險一心靡藍隷夫丙子之亂　君父
在圍城中公以百夫長從勤王之師忠憤激慨
誓不與賊俱生行到雙嶺值賊勢憑陵勦舅跡
躪主將失律全軍敗況公竟以身膏草野而不
返矣傳變之歎杲卿之罵世無傳者而以死自
誓之心見於寄妻之書策馬向敵之蹟炷於申
部將之誄奮不顧身一炧報國之義凜凜猶可
想見當日諸兵潰散島駭戮窮間有生還鄉里
者公以遁外冷跡既不在廟廟之班聞銕之徒

光

常享祝文　　　　　　　生員權以復

菊溪杜□修記

身殉　國事氣傳子孫矢復百年煮蒿若存

青松府之菊溪有尚烈祠者爲杞故僉正尹公

而伯也噫苟非公忠義之感人深者焉能使人

曾慕追敬於百世之下哉公生長是府氣稟儻

興少時慨然謝刀筆習弓馬以功名自許天啓

辛酉登虎榜時　國家有西塞之憂公應募從

征　上特引見命錫爵以勞之公感激臨行語

乎上在仁為基義為址必使多于前功

尚烈祠奉安文　襲手失傳

昔在丙丁風雨孤城主將失策三軍拋令公時

赴闘悍馬維駃奮抉而起雙嶺蒼翠吾君思忌

砲將安避舉頭惟天旋足無地緘書付嫡嫣一

無二潰卒傳疑有去無來遂焉國殤貢于泉臺

桓桓我祖何數之奇世襲名祖風珮琳離早事

弓馬方面可期江　亳關戍亦孔之飢十年盡

悴乃炮於綏判官之贈褒忠之典炮亦榮矣何

事於闓畏疊之陽有屋煌煌多士攸同子孫之

靈歈淮鳥可無五卧之宮等之登捄之陝無以
循一鄉之望恭陳短唱助舉偹梁拋梁東雄心
泉出日紅英名不磨今古周房山青無窮拋梁
西賢姒嚴與天齊雲旗風馬倏然髮芳鬚君子攸
蹄拋梁南青雲達霄朝食淑氣磅礴無垠曠世
又降偉男拋梁北玄武蒼蒼曉邑山驅騺水囚
螭睅鄉邑悍宗國拋梁上連珠合璧相向中有
英氣勃鬱塵塵劫劫彌壯拋梁下野如水水如
馬生未榮死未疇不平聲無時灕伏顧上梁之
後松桶增聲蒭莪相傳酒旣首殺旣嘉如見洋

收空悲招國殤之賦張巡之齒盡碎應作壯本
朝之魂顧茲蒳溪之祠郇公邊豆之所青苓赤
上縱未酬赫赫殊勳丹荔黃蕉尚庶幾世世棠
報任此任彼非無君子之靈某山某丘為是父
母之國祠者歲月之盆遞未免棟宇之將殲古
屋龍蛇湯潒於忽風甚雨之際空山猿鳥悲嗋
於頹墻破壁之中於是士林齊聲而咨嗟地主
陳力於補助斧者左鉅者右母廢後人之觀細
為桷大為朵必仍舊貫而作以月之令俾奐舊
基之清寧不日而成亦頼忠魂所顧右聲颙赫

燿非特良史氏托名必為父兄宗族之推尊俾

同鄉先生祭社方其以享以祀或至一廢一興

俾頀永樹風聲猶戒毋失規軏恭惟僉正公文

兩昭靖之後裔純忠奮武之功臣自上第唱甲

之初將伸函牛鼎之志及西塞征戍之役先没

裹馬革之心值甲丁艱虞之時義著執戈以衛

暨丙子播越之際勇激修尋之蔡忠信行之旦

遏蛇豕存食之勢戌敗命也竟斷熊魚取舍之

誠伏尺劍而電邁星馳丹心奮三軍之冠抗亂

鋒而雷迅颷藃碧血灑雙嶺之間果卿之髮未

杯之薄醪寓萬端之悲懷靈其有知耶無知耶

烏虖哀哉尚饗

　　邑誌舊本

尹忠祐天啓辛酉登武科官至訓鍊僉正以西
子戰亡功　贈奉訓卽軍器寺判官

實記

　　尚烈祠上梁文　　　　　尹錫泳

伏以八人心者溶矣一節貞忠改廟貌而新之
重升蔫裸百年森梓四時芬苾原夫節義之枉
國家必欲觀感之及臣庶苟有勳德言行之炫

時之儀仗依賒昔日之部伍尚在兄獨視此如
歸不爲之返乎幽明雖異情義無間我爲兄孤
寡詢於軍銀鳩合升斗之資而爭先捐出了無
難色若非兄素見信於軍伍何與情之不忘如
是乎烏虖哀哉此生儕短命也人誰無此此獨於
兄之喪而自不得不覺其傷慟者兄之此此於義
也抑何恨焉而倡亂屍如麻道蓬橫槊未得收
骨而歸摧膓酸痛在我尚偸刻爾賢閭與孤兒
之心哉宗族悲呼親朋畢至而兄磊落氣片軒
昂容姿無復觀矣未知英靈來耶不來耶舉一

之言言則淪零矣我先兄後會面何日師繼踰

嶺主將失策忽焉亮鋒豕突竟使三軍而顚覆

師次利川之夕官軍之潰邊者稍稍逢遇問兄

消息則但云前日之兩軍未及相接望見公攝

甲上馬有進而無退云云謂兄庶幾生邊一月

過盡而不還數月過盡而又不還至于一年二

年三年之久而永無形影則巳矣兄之必苑

無生今而後望絕矣鳥虖哀哉潰卒之報元日

寄夫人書又何其草略乃爾也兄之孤魂毅魄

未知何處寄托而令我代領兄衆點視軍兵萓

親自壬戌之春至于歲末櫛風沐雨之勞載飢
載渴之苦微兄則我何恃而得保終始乎此
實吾兩人平生入骨難忘之苦也烏虜哀哉甲
子之成又與之共顚沛艱虞之狀何減於辛酉
哉洎乎丁卯之亂則兄我俱爲百夫之長雖無
斬賊馘馘之功亦得終始邑衛得轉江都之風
雨再觀漢陽之日月歸來故山農圃是事庶幾
得保餘齡共享溪山之樂豈意歲忽次於丙丁
值國步之多艱風塵一驚　鸞駴播越徵兵之
忽甚於木鵝之繫詔客館點兵之日握手相勉

平尹公之靈而侑之曰烏虖哀哉吾兄何一去
而不返耶日月如流已迫一朞悲呼慘悼未嘗
一日而忘于懷者豈徒以戚誼而又同榜也烏
虖哀哉余與兄生同里開遊必相從出必相隨
在昔兄為丈夫之年我為少年之日追隨乎弓
馬之場出入乎講武之幕自是之後中表之義
益昵敦好之情日密雖在親兄弟又何以加於
此哉當是時 國憂在西宵旰方殷王師一出
關西兄我同選其中 龍墀錫爵醉涵恩渥亦
異數也征車載脂採薇同歌千里關西四顧虬

拾遺

寄夫人廉氏書丁丑元日在雙嶺

賊勢萬分時忽我生還未可必雖不還亂尸原

濕之中何以索我以此書哉之日為我旌日而

所掛戀者覺兒耳若母子相依保無流離失所

之歎則幸也此外有何望臨紙哽咽

祭文　　　　部將申樹

維崇禎十二年巳卯正月朔日巳未前部將禮

州申樹謹以菲薄之具招故龍驤衛副司果坡

菊溪祠重修記

呈文

錄下

　附錄

記

序

識

跋

遺事略

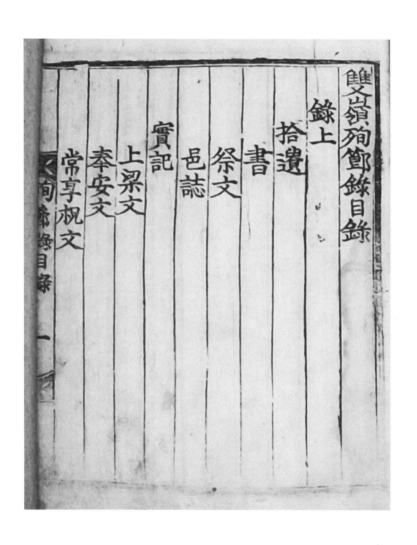

雙山嶺殉節錄目錄

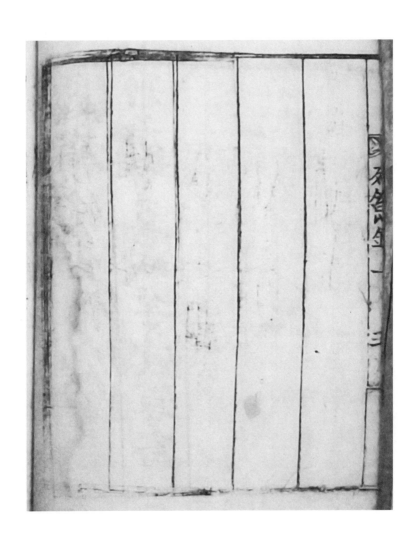

186 『쌍령순절록 雙嶺殉節錄』

雙嶺殉名錄序

前承旨眞城李彙寧序

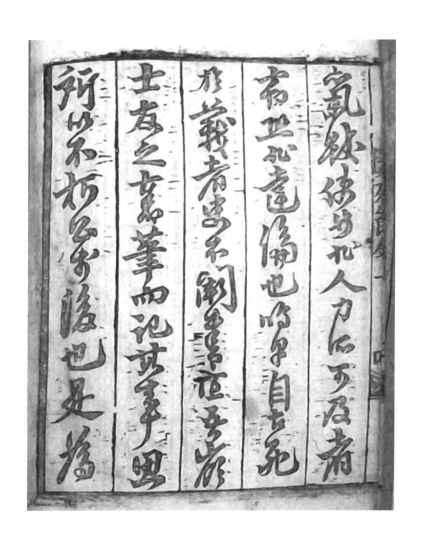

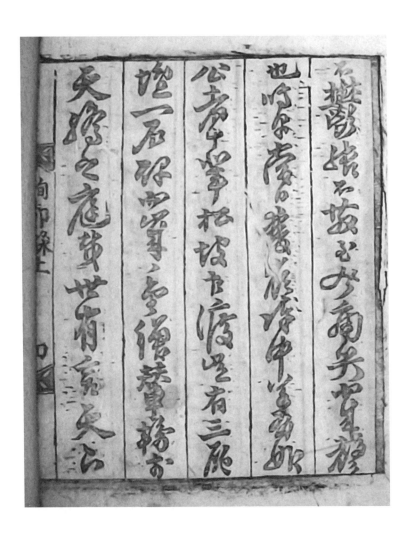

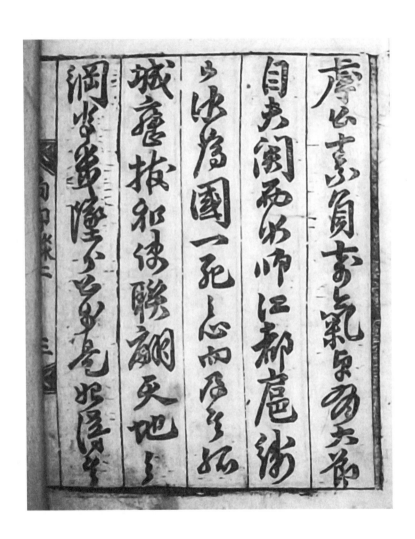

『쌍령순절록 雙嶺殉節錄』

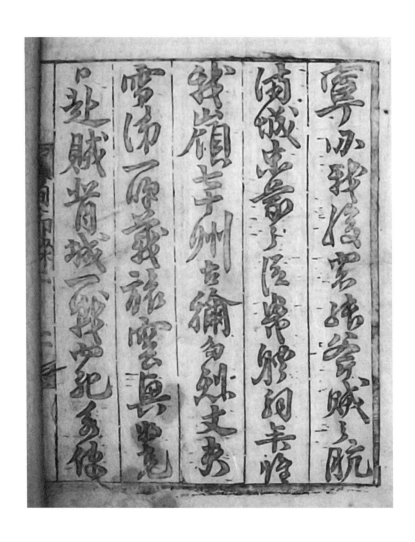

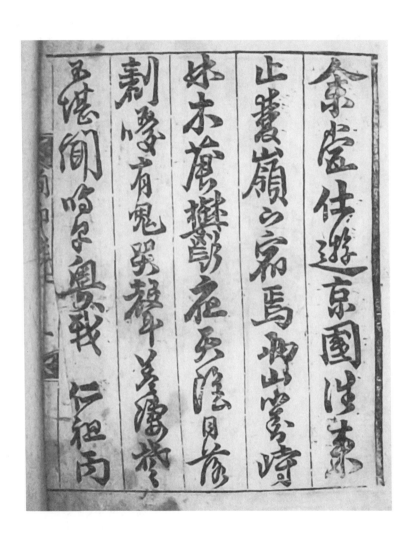

余嘗佳遊京圉澄秀

止叢嶺之宿焉㹃山㟱碕時

沐木廣樗歇左㖪隱見於彥

剝嘮有鬼哭聲半夜屬㐌

王澄間鳴呼粤哉 仁祖丙

196　『쌍령순절록 雙嶺殉節錄』

≪쌍령순절록(雙嶺殉節錄)≫ 影印

1859년 간행, 경기대학교도서관 소장

여기서부터 영인본을 인쇄한 부분입니다. 이 부분부터 보시기 바랍니다.